МИЛА ИЛЬКОВА

ПАРОЛЬ: САРАФАН

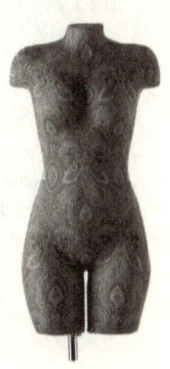

Люсе Щёкиной.

Она была моей личной
Фаиной Раневской,
которую я знала и обожала.

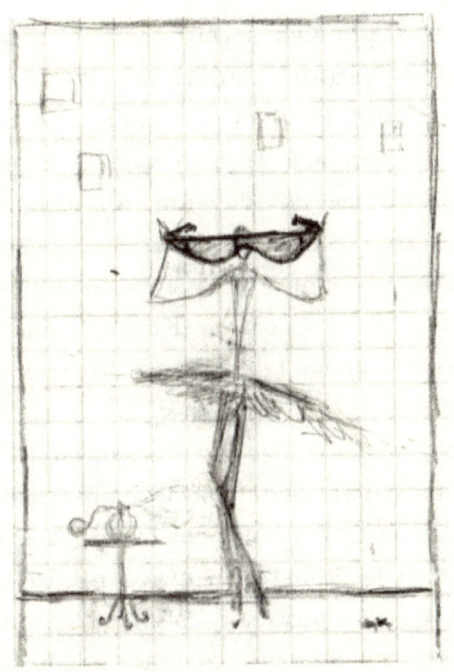

СТЫКОВОЧНАЯ СТАНЦИЯ

Пол Паркет еще раз обвел взглядом обалдевшую от происходящего аудиторию и ушел с подиума. Мелькал душераздирающий видеоряд под закадровый голос, который сообщал, что нужно быть добрее, суки. Не так прямолинейно конечно, но очень понятный и слёзо-давительный копирайт. Видео ролик только что известил собравшихся о главной причине модного показа. "От вашего имени был сделан взнос". Экран погас.

Нет более противоречивого чувства, когда тебе дарят уже оплаченное участие в благотворительности за твои же средства. Когда вещи модной коллекции на самом деле оказались подержанным хламом из секонд хенда.

Зрители шоу утонули в собственной тишине: вкус и цвет местной нации, уместившие бриллианты и самомнение, то есть всех себя без остатка в первом ряду, операторы телеканалов и фотографы, продолжающие снимать уже больше по инерции, журналисты, на миг оторвавшиеся от своих телефонов. Все, решительно все были парализованы тем, что минуту назад произошло на их глазах. Это был скандал. Когда публика немного отошла от остолбенения, прозвучало первое негромкое: "Твою мать!"

Всего каких-то шесть месяцев назад Пол Паркет был обычным Пашей Галушко. Тогда он пил пиво натощак, так как денег на еду у него не было. А поскольку не хватало средств не только на самое необходимое, но в целом ни на что – выпить хотелось еще больше. Поэтому он и пил. Именно пиво. Оно создавало эффект насыщения, как трюк с горячим чаем перед сном – минут на тридцать казалось, что поел. Но потом снова хотелось жрать. А жрать Паше хотелось регулярно. Он был музыкант, непризнанный гений, коих много. То есть официально безработный. И пел он на джем-сейшенах и на сольных выступлениях в пабах столицы, и выл от этого же. Впрочем, музыку он действительно любил. Хоть и сложно было насытить-ся ля мажорами. А хотелось горячего и компот. Суровая жизнь провинциальных музыкантов в столице. Одно хорошо: новый вес Паше Галушко был к лицу. И если покорять столицу приехала краснощекая деревенская свинья, откормленная регулярно свеже заколотой домашней живностью, то теперь фамилия Паши не соответствовала его внешнему виду. Поэтому для пущего он решил сделаться Паркетом, только с ударением на А. Это, как ему казалось, должно было помочь музыкальный карьере. Претенциозный болван (ударение тоже на А). Паша выбрал себе псевдоним – Пол Паркет, от parquet в значении "передние ряды партера", так как видел себя исключительно звездой и в тех самых передних рядах на всевозможных тусовках с бесплатными напитками и бутербродами. Он хотел в касту, быть ее частью. Как это сделать – он даже не задумывался. А зачем. По большому счету ему было плевать. Главное для него в этом была картинка – передние ряды, он – звезда и кружите меня, кружите. Он не стремился, не делал, а молча и бездейственно мечтал. Эдакая амбициозность в смеси с идиотизмом и ленью. Главное, думал Паша, это имя. А дальше как-нибудь само покатится.

Паша Галушко долго и настойчиво вкладывал в уши свой новый иностранный псевдоним. Но окружение продолжало ударять его на букву Е, отчего Паркет звучало как "пол". При этом само окружение было таким же: творческая масса с иностранными прозвищами, где Коля вмиг становился Николой, Антон – Тони, Никита – Бонни. Лиля Мун, Тони Спун и Жан-Жак Пиджак. В итоге смирившись, Паше ничего не оставалось, как безнадежно вздыхать. А ведь все равно стал – настоящим Полом Паркетом. Или, по крайней мере, ему так радужно казалось. Желание его, как ни странно, исполнилось. И первые ряды, и слава, все, как хотел. И выбранный псевдоним наконец-то запомнился с правильным ударением. Что правда связан был не с музыкой. Оказалось, Паша вжился в роль даже лучше, чем предполагалось. Только он не понимал, сожалеть об этом или нет. Если за него уже не решили.

ВНЕЗАПНО ОТКРЫВШАЯСЯ СУТЬ

Н а кровати лежит большой и лысый мужчина. Спит и храпит. А с женщиной нельзя так обращаться. Это печально. Хоть до этого большой и лысый мужчина осчастливил Раду Варецкую дважды за вечер, после чего сразу и уснул. Поэтому она ушла на кухню громыхать в отместку банкой с оливками. Когда оливки закончились – спать все еще не хотелось. Возвращаться к себе домой, впрочем, тоже. Хотелось просто уйти из его квартиры, неважно куда. Отвлечься и выпить виски со льдом.

Рада набрала знакомый номер.

– Але, Оскар, привет дружище! Ты в "Диване"?

– Да. Мы тут с Пашей. Приезжай давай!

– Еду! Жди!

Макс Оскар был виртуозным музыкантом, можно сказать гением, по меркам Паши Галушко, который поэтому возле Оскара и ошивался. По меркам же музыки Оскар был просто хорошим музыкантом, обычным повелителем больших и малых баррэ. Проницательного гения и рядом не валялось, хотя его звали. Но при этом он был отличным менеджером. Он сам как никто другой умел подать и продать себя в обертке гения, в чем лично в общем-то был уверен. Естественно, когда тебе постоянно говорят, какой ты молодец и жги, балалаечник, то и сам вскоре поверишь чему угодно. Поди уследи что люди порой наболтают.

С черными смоляными волосами, в неизменном таком же черном реглане известного японского бренда, в правильных джинсах, обтягивающих где надо и свисающих где положено, в ботинках, сшитых на заказ у самого дорогого обувщика города бартером на двухчасовой концерт на его свадьбе, Оскар даже и не мог предположить, что когда-то был не гениален. У него был всего один альбом из двадцати песен, написанный пару лет назад и выложенный в сеть бесплатно. Этот же альбом всегда игрался на сольных концертах его группы. Концерты, на удивление, были чуть ли не каждый месяц. Площадки для выступлений – пабы и бары города, в основном одни и те же, просто по кругу. И что удивительно, на этих концертах одного не изданного альбома, записанного через пень профессионально со всеми шумами, его группа каждый раз собирала большое количество людей. Как ему это удавалось, можно было только предполагать. Но видимо харизмой домахивал где надо. А под водку или пиво с орешками любой талант налицо. Особенно когда регулярно породой и гитарным грифом тычут.

Оскар неделями носил бороду, которую ему просто было лень брить. Душился он исключительно сладким парфюмом Paco Rabanne Black XS, шлейф от которого тянулся далеко и надолго въедался в воздух. И это как-то сразу стало дополнением к общему имиджу. Он брал аудиторию за все органы чувств одновременно. Мог обратить на себя внимание и обаять вмиг. При этом любую ситуацию в стиле "унылое дерьмо" переворачивал в удивительное впечатление так, что не придраться. Им очаровывались, в его внимании нуждались. Харизматик-самоучка. И каждый раз, когда объявлял, что набирает новых учеников для игры на гитаре – все в тусовке знали: Оскар ищет свежие тела. В общем, в порочащих связях был незаменим. Как говорится, кто кого сгреб, тот того и осчастливил.

Макс Оскар играл на гитаре. Иногда на фортепиано. Порой садился за барабаны. Как в старой шутке: любую музыку он мог сыграть без ансамбля, самбля, одинбля. Расплескивался, работая на максимуме, пока были предложения. Когда ввиду сезонности и спроса выделенные на зрелища бюджеты сокращались или прекращались вовсе, он сообщал, что вот-вот уезжает в Нью-Йорк. Только контракт со звукозаписывающей студией осталось подписать. Повышал таким образом свою значимость. Что удивительно – действовало. А визы США у него отродясь не было.

Зато он был знаком с доброй половиной города Киева. Та в свою очередь отвечала взаимностью. Не было такого, чтобы за вечер к нему не подошли человек двадцать поздороваться, или перетереть о делах, гитарных струнах, или попросить с кем-то познакомить. Знал Оскар всех, кого нужно знать в столице, чтобы решить любые вопросы, привезти и провести нерастаможенные гитары, снять навалившуюся порчу, быстро сделать шенгенскую визу, купить готовые шашлыки в два часа ночи и немедленно махнуть на дачу, с помощью кого появиться в утреннем эфире на радио или ТВ, а также хорошего проверенного таксиста, готового забрать откуда угодно в любое время суток и в любом состоянии алкогольного неглиже доставить целым и невредимым домой. Короче, практически все места, в названии которых есть аббревиатура и людей соответственно оттуда же, которые так хотят коньяки и на чай с плюшками из французской домашней выпечки. Свои люди тоже хотят коньяки, но при этом еще и улыбаются, что, безусловно, приятней. И всегда готовы к дальнейшему плодотворному сотру-дничеству на взаимовыгодных условия в рамках открытого акционерного общества "Ты мне – я тебе", конкурирующего с государственным подведомственным "Не мне – так я тебя". Кстати, в Украине сумма "сколько можете" – это давно фиксированная стоимость услуги, которую принято угадывать. Такая уж национальная традиция, ничего не поделаешь. Блюсти так блюсти. Блюдем. И тут уж не важно кто откуда и на чем приехал. Главное знать, на какой кобыле сегодня к кому подкатывать. А спрашивать, любопытствуя, откуда кто родом – это уже давно стало дурным тоном.

Был конец лета года конца света. Часы показывали уже начало третьего утра. Оскар, Паша и Рада сидели в "Диване". Как известно, после двух часов ночи не происходит ничего хорошего. Но всем троим было хорошо и плевать. Паше - потому что наелся до пуза, для Оскара это вообще привычное время суток. Рада же просто представляла, как большой и лысый мужчина проснется, не обнаружит ее рядом с собой на кровати и естественно будет писать. Или звонить. Или сначала звонить, а потом писать. Она ждала этого сообщения, просто зная, что оно будет. Хотя лучше вовремя промолчать. Ведь и так уже все сказано и решено.

Уже будучи порядком под градусом, Паша поднял над столом правую ногу и покрутил ею вправо-влево.

- А? Как вам мои новые ботинки? - с довольной улыбкой наконец озвучил то, на что все и так обратили внимание.

- Хороши! - коротко ответил Оскар, чтобы не развивать эту тему.

Но не тут то было. Пашу несло.

- Секонд хенд новый нашел. И столько классных шмоток там! Были бы деньги, все бы скупил.

- Паша, когда они у тебя уже появятся до такой степени, чтобы и на завтра оставались в карманах? - усмехнулся Оскар. - Эти ботинки ты же на что-то купил? А ешь, кстати, за мой счет.

- В следующий раз ты за мой поешь, - огрызнулся Паша. - Концерт был вчера. А сегодня уже все куда-то делось.

Паша наконец опустил ногу и отвалился на спинку дивана.

- Вот бы скупить все, там переделать, тут перешить, и опа - готова новая шмотка. Брендовая, заметьте! И не "Нара" какая-то, а хай фешн, - Паша мечтательно закатил глаза.

- И продать эту переделанную шмотку модной козочке

за дорого, как абсолютно новую, ага, — Рада подмигнула Оскару, чтоб подыграл. — Так сказать хай фешн из Наебнинска-на-Днепре.

— А чего? Сказал бы им кто-то важный, что это модно — и расхватали бы, как горячие булки, еще бы спасибо сказали! — купился Паша.

— Да, Пашка у нас модельер, — Оскар включился в игру. — Вечно в хай фешене ходит, а все удивляются чего худой такой.

— И правда, тебе же вот "японца" нашел, практически на свалке, а реглан абсолютно новый!

Паша никогда не был силен ни в самом сарказме, ни в понимании оного.

— И никто даже не скажет, что это секонд хенд! Рада, вот ты бы подумала, что я это нашел Оскару практически на текстильной свалке за двадцать баксов? А? Нет, ты скажи! Когда она такая в бутике стоит страшно представить сколько!

Оскар смутился. Было видно, что ему неприятно. И казалось, что харизма его на мгновение сжалась и сморщилась. Но он быстро взял себя в руки, снес этот укол самолюбия от своего ничего не подозревающего верного пажа Паши и сделал лицо топором.

— Да, отличный реглан, — уже спокойно произнес Оскар, но желвака предательски продолжала пульсировать.

— Так а я о чем! — обрадовался разболтавшийся Паша. — Если кому надо, я запросто найду вообще чего хочешь в секонде!

— Был бы спрос, а товар найдется? — поддакнула Рада.

— А там и до подиума недалеко. Пашка, только представь — ты, весь в своем собственном дизайнерском и в перьях… – сказал Оскар.

– Чего это я в перьях? Нафига корове седло?! Чай не педики!

– Паша, не педики, как ты посмел выразиться, а геи будут твоими самыми большими поклонниками и фанатам. Сами все про тебя расскажут кому надо. Они ж всю клиентуру тебе соберут, что лучше не придумаешь! Плюс, они все-таки решают в мире моды гораздо больше, чем ты даже можешь себе представить. Кстати, не только в мире моды. И вообще, мальчики, будьте безразличней к чужим задницам, – сказала Рада.

– И ты весь из себя дизайнер, тебе аплодируют, – Оскар мстил за секрет покупки своего черного реглана, – коллекция раскуплена еще до показа. Первые ряды ревут от счастья…

– И срывают с Паши перья… – продолжила Рада, улыбаясь.

– А потом тебе главное вовремя уйти с подиума. Чтобы не залюбили насмерть. Мало ли чего, – продолжал Оскар. – В общей эйфории и в экстазе с перьями всякое может произойти.

– Может действительно попробовать? – серьезно сказал Паша и икнул.

– Может пить бросишь да ромашки начнешь выращивать? – отреагировала Рада. – Как ты себе это представляешь – спекуляция на подержанных вещах? Не смеши!

– Пашка, смотри, – не унимался Оскар, – Закончится показ, а ты такой объявляешь всем, что тебе ничегошеньки не надо. И вообще это ты все, ну не знаю, для больных детей рад стараться. И раз – все на благотворительность спускаешь, – подначивал тот. – Скандал, папарацци, первые ряды в шоке, потому что бог знает сколько на черт знает что потратили.

Сейчас Рада могла себе позволить нести чушь про какие-то подержанные вещи. Ей было легко. Она практически никому не говорила о предстоящей новой жизни и о том, что меняет локацию. Кроме самых близких. Нет, суеверия о заранее высказанных планах тут ни при чем. Просто отчего-то не хотелось и все.

У нее была любимая работа, такой родной город, бесчисленные приятели и знакомые. Еще был большой и лысый мужчина. Отнюдь не друг. И не друг, и не враг, а – так. Полный бесперспективняк. Он не хотел брать на себя обязательства. Варецкая не обременяла ими взаимно. Он будто был для нее отдельно от всего. Просто женщине нужно о ком-нибудь думать. Но настал момент что-то менять. Просто вдруг, а так оно обычно и бывает, ей стало чего-то не хватать. А значит, чемоданы собраны. И она будет в другом часовом поясе, который изменит ее жизнь.

В городе за океаном ищут только три вещи: жилье, работу и любовь. Квартира нашлась быстро и заранее. С работой вопрос давно решен. Не зря же Варецкая открыла в Нью-Йорке филиал своего киевского агентства по коммуникациям MilkOfPR. Взяла дела с собой: работа to-go. Впрочем, уже на совершенно другом, качественно новом уровне. Делать впечатления Рада умела. А вот любовь не нужно искать. Она просто должна случиться в свое время.

– Только бы инвестора найти, чтобы модный показ устроить, – выдернули Раду из собственных мыслей слова Паши и вернули в давно полюбившуюся и уже родную ресторацию "Диван".

– Паркет, какой к черту хай фешн! Правильно,

Варецкая? Давай лучше выпьем. Понеслась!

И Оскар чокнулся с бокалом Рады. Паша же мечтательно раскраснелся от идеи стать модельером. Становиться модельером ему было как обычно лень. Да и поздно уже, почти в три часа утра. Им, модельером, просто хотелось стать. Вот только встать с дивана "Дивана" и сразу же стать. И чтобы первые ряды ревели, все как Оскар описал, да. И ладно уж, пусть будут перья, если так положено.

Когда в журнале Cosmopolitan нет ответов на вопросы, начинаешь читать Jack Daniel's. Варецкая перебирала файлы в памяти: свою любовь без обязательств с тем самым большим и лысым мужчиной, что потоптался в ее жизни. Он был таким мужчиной, с которым очень удобно спать и засыпать в охапке. Но утром это становилось похожим на имитацию любви. И как она не старалась отогнать эти мысли – ничего не выходило. Любить – да, а все остальное – уж увольте, без обязательств. Он, наверное, тоже имел свою выгоду в этих отношениях. Вполне возможно, путал любовь с эрекцией. А может быть и любил, кто его знает. Он этого не говорил, а она и не спрашивала, чтобы не усложнять. Поэтому они смотрели много кино. Вообще Рада любит смотреть фильмы одна. А те фильмы, в которые можно и не начинать вникать, предпочитает смотреть с кем-то горизонтально удобным.

Приятным бонусом помимо всего прочего были совместные прогулки. Сколько же было пройдено пешком, держась за руки. Гуляли они много, встречались, как получится. Чего уж лукавить, это устраивало обоих. Было свободно в паре и легко наедине. Без морковных котлет и отбивных из укропа, походов в супермаркет и стираных носков, без упреков "где ты был" и "да я между прочим, а ты..." на общей двухкомнатной родине. Без поролона в голове. Когда в пятницу можно вернуться домой поздно, в пять часов вечера субботы. И никому, ничего, никогда. Особенно когда двухкомнатная родина своя и не жалует иммигрантов. Так легче – без обязательств. Поскольку нервы каждый раз как-то медленно заново отрастают. Правда, когда нет обязательств, можно не заметить, как легко обходишься друг без друга. Одиночество – это эгоизм. Чистейшей воды эгоизм.

Как иронично получается. Гомосексуалы борются за право вступать в брак. Гетеросексуалы же наоборот, имеют это право как данность, но предпочитают им не воспользоваться как можно дольше.

Вспомнила Рада, как они забрались на самую верхнюю точку главной площади города и уселись на газоне пить ситро "Дюшес" с видом на фонари. Это было их место. Обнимались и молчали. Там она поняла, что лучше ухода тихо по-английски и без объяснений ничего не изобрели.

От гордости никакой помощи. Она только усиливает боль. И поддалась на собственную слабость увидеть его еще раз и мысленно попрощаться. Ей так было нужно. Озвучить свои планы, чтобы еще раз убедиться, что ее ничего уже не держит. Или никто. А потом заела эту мысль оливками на его кухне. После чего внутри не осталось никаких эмоций, кроме понимания, что этот этап любовной жизни пройден до своего логического завершения. Короче, гейм овер. В отношениях без обязательств Рада поняла, что не может больше выполнять обязательство "без обязательств".

Оскар и Паша собирались по домам. Уже никто не говорил о моде, Паше в роли модельера и прочих фантазиях и сказкотерапии. "Диван" пустел. Рада поняла, что дико устала от этого дня и наконец-то хочет спать. И вдруг телефон засветился новым сообщением.

"Вот и такси", – подумала она.

"Вместе поедем в аэропорт. Провожу", – написано было в сообщении, от ожидания которого Рада успела отвлечься.

"Мы с тобой так много чего не делали вместе, что не сделать вместе что-то еще, в общем-то, не проблема", – отправила она и отложила телефон.

Ответа не последовало.

"Обиделся, наверное. Что ж, к лучшему. Хватит уже жирафу шею массировать. Отлюбила".

На улицах остались только редко проезжающие такси, и небо вытворяло номера. В Киеве начинался рассвет.

О, ЭТИ КЛИПСЫ

Вдруг в какой-то момент в Киеве стало тесно и невероятно скучно. Знакомые или погрязли в офисах с паршивым кофе и невкусными бизнес ланчами с доставкой прямо на рабочую клавиатуру, или занимались продолжением своего рода, с вечными разговорами про пеленки, приговаривая: "А мы сегодня не захотели яблочное пюре" и "Мы покакали". Постоянное Мы вытесняло привычное Я, поэтому с некоторыми друзьями стало совершенно невозможно разговаривать. Даже с мужчинами.

Плюс ко всему, стало невыносимо приторно жить в городе, в котором происходило, по сути, все то же самое, где менялись лишь названия, а лица нет. И знать, что с каждым новым знакомым обязательно выяснится наличие общего знакомого, причем неважно в реальной жизни или в Facebook. Киев – маленький публичный дом. Все друг друга перетрахали по два раза и пошли на третий круг. Будто на какой-нибудь вечеринке, где четыреста девушек и геев, и десять-пятнадцать гетеросексуальных ребят. Да и на лице каждого уже пересидели твои подруги.

Впрочем, становилось все еще несколько неловко, когда Facebook предлагал добавить в друзья бывших твоих бывших. А когда твои посты лайкает экс-герлфренд твоего экс-бойфренда, а также его сестра, хочется сесть и всем вместе выпить водки.

В однотипных барах были все те же музыканты, играя одинаковые каверы на все те же известные хиты. Дороги становились все хуже. А зубные пасты от вечного кариеса и моющие средства для посуды, которыми хоть руки мажь на ночь аки увлажняющим "крэмом" (до того хорошее средство – обещала реклама) закончились. Их постепенно вытесняли объявления о помощи, в которых от мала до велика требовалась операция по пересадке, переливанию, замене органа на искусственный или что сегодня бог послал. А бог слал всех этих нуждающихся к черту. И рассчитывать им можно было только на "кто чем может". "Кто чем может" зато собирали нужные суммы и даже больше. Поэтому социальные сети пестрели постоянными ссылками о помощи нуждающимся. Все анонсировали, публиковали, собирали, жертвовали, благодарили и снова анонсировали и собирали. Сутки через трое, будто бы на дежурстве, в ленте социальных новостей виднелись анонсы о срочно требующейся операции за рубежом: "Спасите Катю/Сережу/Якова от редкой болезни". Это стало даже хуже новостей, в которых всегда все плохо, даже с погодой. После такого первым делом хочется собрать чемодан и уехать куда глаза глядят. Еще хуже становилось именно от таких вот объявлений о помощи. Как только вышел "Доктор Хаус", так сразу появились редкие и очень редкие болезни. Причем, слово "редкий" употреблялось чаще всего. А ссылки на группы участия в помощи "сколько можете" в социальных сетях не переставали приходить. Пусть уже все будут здоровы!

Сначала было попроще. В основном свирепствовали сезонный грипп, переломы конечностей и безмозговщина. Ничего взамен не просили. Максимум – поставить лайк или оставить комментарий "выздоравливай" или "держись". Эра социального попрошайничества началась с марлевых повязок. Вдруг их вмиг не стало в аптеках, как только в новостях объявили о надвигающемся, о ужас, поросячьем гриппе и что спасут только марлевые повязки и постараться не дышать месяцок другой. Повязки нашлись у перекупщиков. Как раз по цене поросенка. Зато дизайнерские повязки были с вышивками и стразами. Но уже по цене кабана. Поэтому многие ходили и не дышали, или дышали с перебежками. Не слушая рекомендации Минздрава. Его как-то принято не слушать. Это еще одно национальное отличие. А потом нескольким позже скреативили лицензировать импорт медикаментов. Интересно, в связи с лицензированием в Украине импортных лекарств презервативы тоже станут в дефиците? И переналадит ли фармакологическая фабрика "Марница" в таком случае производство одноразовых гигиенических перчаток на благо половой жизни граждан? На сей счет новости не вещали.

Еще стало модно жить понарошку. Идти на

мероприятие не ради удовольствия, а ради чекина в правильном месте и факта хвастовства — я крут и могу себе позволить. И смотрите, смотрите, я не одинок. Дружить не ради дружбы, а ради бравады — смотрите, я дружу с крутым. А раз он крут, значит и я крут. Меня приняли в касту! И фото, обязательно фото со звездой. Будто только само его наличие гарантировало сто баксов в долг до зарплаты и апельсины с доставкой на дом, пока валяешься с температурой. Плевать. Зато смотрите, смотрите, я не одинок. Любить, но на расстоянии, втихую. Не взаправду. Не приближать, чтобы потом не отдалять. И просто предаться блуду. Ничего не обещать, что бы это ни значило. Душевный онанизм. Не проживать, а прожигать. И смотрите, смотрите же — я не одинок. И слать поцелуйчики. Естественно понарошку. Притворяясь, что ты в тренде. Только любовь — это единственное, что всегда в моде.

Они стремятся быть свободными от людей, боясь встрять в чужой мир и ненароком нарушить его планы. Свои планы. Гениальные консерваторы. Консервируют банки с чувствами, закатывают свои эмоции и ставят на полку до следующего года. И так каждый год, выдавая домашнее варенье за трендовый джем. И мчатся самовывозом на самовылюб.

Искусственно взращенное поколение консервного завода, которому не свойственен консерватизм. С браслетом Pandora на руке — покровителя всех себялюбов в брюках до щиколоток. Эстетствующие скряги, один только вид которых вызывает токсикоз.

Можно чувствовать себя поистине легко и непринужденно, лишь когда осознаешь свою значимость. Как будто постить селфи — это хоть кому-то интересно. Как будто сидение на пятой точке и жизнь по расписанию каким-то образом легализуют их существование. Зато если кто-то о них грустит – радуются. Можно счесть за любовь, но нет. Это просто самомнение.

Любовью оскорбить нельзя,
Кто б ни был тот, кто грезит счастьем.
Нас оскорбляют безучастием.

© Лопе де Вега "Собака на сене"

Модно быть успешным, но не счастливым. И свободным, но не счастливым. Счастье, как это ни парадоксально, заключается в несвободе. Как только ты свободен – ты становишься успешным.

Успешен в счастье – крайне редкий вид в человеческом бассейне личностей. А потому, когда случается один только успех, со временем это выглядит довольно предсказуемо: стоишь такой умный и весь красивый в белом пальто, в печали и в говно.

Да и вообще женщиной стало быть крайне сложно.

Поехала к нему домой – проститутка. Не поехала – что ломаешься, как маленькая. А ведь еще совсем недавно фраза "Девушка хоть куда" считалась комплиментом.

Есть одно и более высших образований – мужика у нее просто нет. Нет высшего образования – село, о чем с ней разговаривать.

Есть дети – ой, у нее есть дети. Нет детей – как, у нее все еще нет детей?!

Нет подружек – ну все понятно, конкуренции боится. Есть подружки – избавляйся от них срочно, чтобы они тебя против меня вдруг не настроили.

Карьеру строишь – феминистка. Домом, мужчиной, детьми занимаешься – курица домашняя, о чем с ней говорить.

Готовишь вкусно – молодец, хозяюшка. Готовишь вкусно – потом с мамой познакомит, в ЗАГС потащит, да не нужен мне твой утюг!

Не носишь каблуки и платья – клуша безвкусная. Носишь каблуки и платья – мужика значит себе ищет, вырядилась вся при параде.

Зарабатываешь много – да ладно, все равно же насосала. Зарабатываешь мало – тупая и алчная, на халяву значит захочет пристроиться.

Заботишься – она что-то замышляет. Не заботишься – не любит она меня. Алчная / дура / проститутка (нужное подчеркнуть).

Глупенькая – господи, что ж ты дура такая. Умная – зачем мне умная, а вдруг она вообще умней меня, и как я сам на ее фоне буду, ну нет.

Но самое ужасное (а это чисто по-женски в ужасном находить самое ужасное) – это когда вдруг говорят: "Ты не понимаешь!" – особенно, когда все-все понимаешь.

Какое бы ни было хорошее прошлое – возвращаться к нему не стоит. Хотелось чего-то кардинально нового. Настоящего. Стоящего настоящего. Со сменой всего вокруг: людей, города, привычек, взглядов, улыбок, впечатлений и валюты. Даже текстовый редактор исправляет Манхэттен на "Махните". Это можно счесть за знак. Еще и горячую воду дома выключили на очередную сезонную профилактику труб. Это вообще стало решающим фактором. Из кастрюли удобней есть руками, а не мыться. Это как-то с детства повелось.

Поэтому Рада, на пользу себе и назло другим,

переехала жить на Манхэттен. Прям в день своего рождения и умотала, в Яблочный спас – праздник, призванный напомнить людям о необходимости духовного преображения. А если съесть яблоко с медом и загадать желание – оно непременно сбудется. Персональный Новый год. Обычно Раде требуется целый год, чтобы запомнить, сколько ей лет. И так каждый раз!

У нее шикарный возраст. Двадцать девять, и уже давно как можно не врать себе. Она знает чего хочет, и точно знает чего не хочет. Ест капусту, потому что просто любит капусту, а не чтобы что-то там выросло. Она знает, что люди не совершенны, со своими пороками, и именно это прекрасно. Ценит важные банальности, но именно потому, что банальности, тем они и ценней. Кажется, ее давно сложно чем-то удивить. Однако милые мелочи и новые впечатления заставляют улыбаться. Как, например, цветы невпопад. Или случайный прохожий с усами как у Мюнхгаузена. Такие закрученные и торчат к небу! Просто она умеет находить счастье в простых вещах. Жизнь прекрасна.

Раде хорошо. "Кино, книги и мужчины должны быть хороши в постели. С остальным разберусь сама" – одна из любимых фраз Варецкой. И, что самое интересное, действует.

Нью-Йорк начинается в аэропорту имени Кеннеди. В толпе на паспортный контроль еще не обрушился самый лучший сумасшедший город, но зато уже на другом конце света, в предвкушении новых, таких знакомых ощущений. Роман с городом.

"Кажется, я влюбилась", – отметила для себя Рада в свой самый первый приезд очень и очень давно.

И с того дня любовь на расстоянии с регулярными, но

недолгими встречами переросла в нечто серьезное, с взаимными обязательствами: вдохновлять друг друга, пока другой лучший город на земле не разлучит. То есть, до самого победного конца.

Нью-Йорк — город, где рождаются мечты и где нет ничего невозможного.

Рада чувствовала невероятный потенциал. Она знала, что сможет. Кто, если не она, а? Если получится в Нью-Йорке, то получится везде. В Киеве уже смогла. И что из этого вышло?

Переезжая, мы берем с собой самое важное: кто-то тащит сервант с керамическими статуэтками через океан, кто-то делает выбор в пользу любимых книг, кто-то самым ценным считает кредитную карту и способный изменить жизнь штамп в паспорте на границе. А не в ЗАГСе, как принято считать. И тем не менее, единственное, что объединяет — это пресловутый дух, который мы готовы таскать за собой. В маленькой походной упаковке, как шампунь в отеле, или словно самолетная пачка печенья на одного человека. Так или иначе, в комплекте автоматически с рождения присутствует это свое. Пробник Родины.

Америка, как заноза в жопе. Но именно благодаря ней понимаешь, что жопа существует. Впрочем, патриотизмом очень легко заразиться, особенно будучи на расстоянии в почти пять тысяч миль. Передается вирус воздушно-капельным путем через слюну, разговоры и спутниковую тарелку НТВ-плюс. Вообще чем дальше находишься от Родины, тем теплее начинаешь к ней относиться. Прям скучаешь по просторам, вышиванку хранишь очень бережно. Взращивание и почтение своих традиций поднимается, будто тесто на батарее, так что порой диву даешься. Латентный патриотизм какой-то. А когда кто-то начинает говорить, что Украина – такая сякая, и люди мрачные, и экономика ни к черту, супостат этот сразу же раздражать начинает. Ибо только украинец может говорить, какая Украина страна. Потому что украинец имеет на это право, пока паспорт синенький. А кто кого при этом имеет – уже второстепенный вопрос. Прям как у Довлатова: "Видимо, это и есть патриотизм – гордиться неизвестно чем".

Украина как покойник. О ней либо хорошо, либо никак. В противном случае наступает приступ сознательного гражданина. Из спящего режима активизируется недремлющий режим "Ненька". Украинский патриотизм – это как можно громче возмущаться, что неукраинец украинца назвал дураком, трясти своей годностью (от слова "гідність") перед неукраинцем и в итоге доказывать, что только сам украинец вправе называть себя дураком. А уж о себе плохого не скажешь. Иначе это позор для патриотичного украинца. Кстати, примета: если идут споры по поводу национальный принадлежности, языка, исторических событий, любых других патриотичных моментов – это к подорожанию доллара.

При всем при том мы уникальный народ.

Темнокожих называем неграми.

Поливаем всем словарным запасом власть, и свою и чужую, ежели чего не так в Чужеземии.

Называем детей Мальвинами Валерьевнами и Даниэлями Сергеевичами. Одна назвала свою дочку Мадлен. С одной стороны звучит красиво, бесспорно. Но с другой стороны она по паспорту печенье "мадлен" в форме ракушки. Дочка по имени Печенье!

Наши таксисты всегда заменяют своих друзей, которые реально таксисты и просто сейчас заняты, поэтому ненастоящие как бы делают одолжение, подбросив из пункта А в пункт Б. При этом только мы можем занять денег у таксиста, по пути заехать в магазин, доехать до дома, и только потом с ним расплатиться.

В другой стране мы всегда начинаем говорить громче, когда не знаем английского. Ежели по-русски громче говорить, то сразу должно быть понятно, что ж тут непонятного, а?

Используем такие словосочетания как "навыки лояльности", чтобы выглядеть в глазах собеседника умным и при этом промахиваемся мимо унитаза.

Любим жизнь и ее же считаем дерьмом.

Знаем какие таблетки выпить утром, чтобы можно было пить всю ночь.

У нас всегда есть два плана: первый – как хочется, и второй – как получится.

Читаем тексты про мотивацию в социальных сетях, киваем в такт прочитанному и зажевываем мысль сосиской в тесте.

Платим за любовь и считаем всех продажными суками.

Мы каждый понедельник начинаем новую жизнь и откладываем ее до следующей недели, если вдруг проспали.

Хотим свободы и любви одновременно.

И только мы в рекламной рассылке можем назвать виброяйцо "уникальным вибромассажером для удовольствия".

Конечно, мы все стремимся быть свободными от предрассудков и суждений. Ассимилируемся со средой обитания, что правда, иногда все еще надевая колготки под босоножки и носки под сандалии. Ибо все мы – космополиты родом из Сент-Халуйска. Так бывает:

человека можно вывезти из села, а вот село из человека – не факт. Хотя, все зависит от образования, воспитания и окружения. И, безусловно, от желания: получать, развиваться и меняться, ежели чего не так. Чтобы жить, радоваться и пить компот. Он-то уж точно диетический.

Дом на Манхэттене напоминал послевоенную Одессу, хоть Рада и имела представления о послевоенной и вообще той самой Одессе лишь из книжек и фильмов, за исключением недолгих визитов выходного дня в город у Черного моря. Но ощущение было именно таковым: каждый день жарят рыбу, кричат и играют на скрипке.

Сразу же после переезда в новую квартиру открылась сакраментальная правда причины многочисленности китайцев. Сверху живут китайцы. Снизу живут китайцы. Вообще в доме сплошь почти одни китайцы. Поскольку на Оливер стрит, в китайском районе. А китайцы крайне шумные любители рыбы и прочих скрипов. И вот они труляляйкаются день и нощно, как ежики. Скрип-скрип, скрип-скрип. А соседка еще и на скрипке вдобавок как жахнет гамму одной октавы – пальцы разминает. И весь этот луна-парк скрип-скрип, скрип-скрип. В буквальном смысле со всех сторон.

С соседями по квартире все очень категорично. Или вы становитесь хорошими друзьями и проводите время вместе. Или же стараетесь как можно реже пересекаться, уважая время и пространство друг друга. Встречаясь по утрам, когда выползаете из своих норок за кофе, или, при наличии желания и времени, совмещая ужин. Однако любое соседство, как старая вредная чужая бабушка. Побыстрей хочется от нее съехать и ценить свой собственный комфорт в одиночку, чтобы не размениваться по мелочам. Верно писал в "Эмигрантах" Сергей

Довлатов: "В тесноте поссориться недолго".

Но если скрипке соседки как-то даже, бывает, подпоешь: ми-ми-ми-и-и, фа-фа-фа, соль (о! соль бы не забыть купить для блинов), ля си-си-си-си, фальшивишь, си-и-и, во, молодец, до-о-о. То китайцы прям теннисисты. До трех сетов доходит. Но побеждает всегда мужской скрип. Он же частенько играет в пятисетовый матч сам с собой, но к теме многочисленности это уже относится посредственно. А иначе что. Не может же у них мебель постоянно не там стоять, чтоб так часто ее двигать.

Вообще город бабы с факелом крайне интересен на звуки. Когда машины проезжают, или нетерпеливый водитель сигналит, а это постоянно, или метро промчится, гудя да скрипя – это мелочи, к которым быстро привыкаешь и даже в какой-то момент перестаешь обращать внимание. А когда этого нет – даже скучаешь. Крайне интересным же кажется людской гул. А это тоже постоянно. И только успеваешь выудить из всеобщего гама "да ладно!", "не может быть!" и "я тебе отвечаю!" Постоянно жужжат. Шум и гул Большого города. Великолепно!

В Киеве у Рады тоже были интересные звуки. Да что там, они и сейчас есть. Просто Рада далеко, не слышно. Вот, например, соседи сверху в украинской столице. В лицо их ни разу Варецкая не видела, а с историей их семьи и привычками знакома. Так, начиналось у них все тоже с незатейливых скрипов. Впрочем, до китайцев им далеко. Потом вдруг по квартире забегали детские гиппопотамные ступни. Еще через какое-то время сверху начали разбрасываться чем-то тяжелым. Тогда казалось, что утюгами. Хотя кто его знает, из чего нынче пластмассу делают для игрушечных медведей. Плюш так об пол не звучит. Иногда к швырянию утюгов подключались женские вскрикивания. А порой и мужские басистые отчетливые "-ять". Уж неизвестно, сколько у них наследственных утюгов родилось, но вскоре по выходным они стали петь песни группы "Максим" в домашнее караоке. А по вечерам мужские утюги хозяев и гостевые утюги – "Рюмку водки на столе".

Рада сходила в забегаловку по соседству купить вареный рис со сладкой курицей и брокколи. Работники китайского ресторанчика, развозившие на мопедах гастрит и лишние килограммы, каждый раз крайне любезно здоровались, завидев ее на улице. Вернувшись домой, она услышала: соседи сверху снова хохотать начали. Сейчас похохочут и в скрип-скрип ударятся. С ритма, что правда, сбиваются постоянно. Отчего начинают все сначала.

Очень Раде Варецкой нравится Нью-Йорк. Но есть в этом городе один существенный недостаток – квартиры у нее тут своей нет. Зато в рентабельной, в том смысле, что съемной, подсолнухи стоят и дышат. Они выглядят настолько гигантскими, что кажется, будто вот-вот накинутся и сожрут нос.

И это так здорово любить личный Нью-Йорк своей особенной любовью. И это так ревностно, когда кто-то еще любит Нью-Йорк, что и объяснять нету толку.

Должно быть большое сердце, чтобы любить такой большой город.

С момента отъезда из Киева прошло чуть больше трех месяцев. И вот ведь какая штука. Как только прекращаешь делать то, что не нравится, когда наконец перестаешь врать себе, снова начинают сниться невероятно красочные сны.

— Сдуреть! — кричала по FaceTime Лактионова. — Нет, ну ты представляешь, в магазинах совершенно нечего выбрать! А мне на свадьбу знакомых тут идти надо, радоваться за историю чужого счастья. Не могу же я напиваться с горя и в некрасивом платье! Еще и ты уехала, пусть у тебя все будет хорошо!

— Маруся, к черту свадьбу каких-то людей. Приезжай ко мне в любое время.

— Как соскучусь по тебе так, что совсем невмоготу, так сразу и прикачу. А пока что я иду на свадьбу. Видела бы ты, какой там свидетель весь из себя!

— Так выбери наряд в своем шоу-руме, делов-то.

— Там все настолько не то, что ой! Еще и с волосами надо что-то сделать.

— В твоем случае завить для разнообразия.

— Рада, вам кучерявым хорошо говорить.

— Да, это мы, когда ложимся спать с мокрыми волосами, утром встаем с готовой прической. Это мы любим дождь и не любим влажность, ибо волос становится в три раза больше, как у Майкла Джексона времен "Billie Jean". Это мы можем ходить годами с одной и той же стрижкой, потому что она удачная и все торчит именно как надо, а не как будто из башки тополь растет.

— Прошу заметить, не только у кучерявых. Это утреннее состояние любой принцессы, когда просыпаешься и думаешь: вот черт, ни туфелек, ни принца, одна чечевица в трусах и свежая утренняя пакля вместо волос.

Маруся Лактионова — лучшая подруга Рады Варецкой. У них совершенно разные вкусы на мужчин, а это очень способствует общению. Зачем искушать дружбу? Ведь по большому счету женщины порой изводят друг друга ссорами и нездоровым соперничеством всего из-за одного куска одного и того же мужчины. Благо, куски были разные. Мужчины, кстати, тоже. Потому дружба удалась.

Маруся на пару со своей мамой Викторией, а для друзей Витон, владели в украинской столице сетью шоурумов. Маруся называла свою активную мать Митровитон. Потому, что звучит как медикамент: таблетка от спокойствия.

Отец из поля зрения Лактионовых выпал давно, такое часто бывает. Сначала Витон делала бизнес одна и производства Турция. Разъезжала тогда не на большом черном внедорожнике по деловым встречам и хорошим ресторанам с вкусной едой, а на общественном транспорте и в гастроном за курицей такого вида, что по ней хотелось заказать молебен. И поначалу была не сеть своих магазинов, а лишь маленькая арендованная "точка" на рынке, с "крышей" и ежемесячными откатами. В то время любого рода бизнес давался сложно. Давался, удавался или отбирался. Кому как повезет, и кто как договорится. Витон договариваться умела. Женщины становятся крайне пробивными, особенно когда выбора не остается. Лежать и отдыхать на диване нравится, только женских треников не изобрели. А посему женщина становится изобретательной в том, чтобы на диване можно было отдохнуть в красивом наряде. Подаренном или купленном на свои же заработанные – смотря кого чему учили. В данном конкретном случае основная жертва ради благ цивилизации приходилась на сон. А, как известно, за все хорошее в этой жизни приходится хотеть спать.

Спустя какое-то время ассортимент продукции переместился сначала в большой торговый центр. Потом открылся еще один магазин. А еще через время была уже сеть в трех самых крупных торговых центрах столицы.

Зато прибавились кредиты. Тоже количеством ровно три. С виду могло показаться, что все сложилось крайне успешно. Впрочем, так оно и было. Деньги в кошельках Лактионовых теперь случались регулярно и даже больше чем. Но в виду наличия кредитных обязательств бывало и так, что они пекли блины и надоедали друг другу одновременным присутствием, когда наличность вдруг внезапно заканчивалась раньше положенного. Не зря по запаху блинов у соседа можно узнать – сосед копит. Но блины иногда можно просто так поесть, потому что вкусно, не правда ли?

При этом красивые наряды Витон стали дарить. И не только их. Все больше в эквиваленте украшений. Но к тому моменту у нее самой их накопилось ну просто завались. И несколько диванов успела сменить, тех самых, на которых так удобно лежать перед телевизором. Заработала. И на радостях наспалась. Теперь же главным поиском Витон стал не поставщик одежды для шоу-румов, а поиск любимого мужчины, который заботливо укрывал бы ее, задремавшую на диване, пледом.

"Совершенно не выношу мужской тупости, – говорила Витон. – Меня в мужчинах возбуждает орган из двух букв".

"Мать, ну так в чем проблема? Ищи-ка ты себе физика. Формулы начертит, мелом измажется, в кураж решатель-ный войдет – вот и прелюдия уже. Ученым, говорят, плевать на внешность женщины", – отвечала той Маруся.

"То есть, по-твоему мать у тебя толстая?!"

"Что ты, нет конечно! Ты у меня Дюймовочка. Просто в 3D. Эффект присутствия, как ни поверни, – подкалывала Маруся. – И у нас снова чайные ложки закончились! Если это Бермуды, то какого тогда черта зимы такие холодные!"

Говорят, что дочки часто повторяют своих матерей. Особенно тех, у которых в наличии отсутствует муж и с семнадцати лет присутствует ребенок. Лактионова младшая ни с детьми, ни с мужем не спешила. Точней, ей лично было пока комфортно и так. То есть, все указывало на то, что повторение не всегда мать запоминания. И ни чьих роковых тараканов она выгуливать не собиралась ради подтверждения статистики. Витон спешила вдвойне. И для себя, отметившей сорок третий год рождения. И для любимой двадцатишестилетней дочки. Хотя бы и потому, что проживали на одной жилплощади. А это не всегда способствует, даже не смотря на количество квадратных метров. В общем, искали выхода в замуж, и вечно теряющиеся на просторах родной квартиры чайные ложки. У ложек и именно у чайных есть такое особое свойство – пропадать в никуда. Если мужчина ищет кого бы трахнуть и поговорить, и носки в стиральной машине, то в доме Лактионовых, помимо мужчин, искали чайные ложки. Мужчины – мигрирующий вид. Ложки – величина постоянная вида исчезающего, количеством шесть штук из столового набора. Уже не пойми какого по счету.

Добрая от рождения и не шибко испорченная временем и людьми Маруся Лактионова была крайне подвержена вниманию со стороны противоположного пола. Но этот ее противоположный пол особо не отличался между собой. Однотипность ухажеров Лактионова объясняла фразой "Как не дерьмо – так к моему берегу". Манила форель, а на приманку клевал бычок. Что правда, в перманентно-свободном наличии имелся один краб. То есть бывший Лактионовой становился настоящим, потом снова бывшим, потом опять все возвращалось на круги своя. Маруся уже сбилась со счета расставаний и мировых воссоединений. Потому, как причиной этих каруселей являлись оба. А хороводили, потому что так иногда бывает: и порознь невыносимо, и вместе непросто. Но это была большая любовь Маруси в течение трех лет. Сначала конечно в их отношениях все было предсказуемо хорошо: вздохи, букеты, тортик, а если его нет – приходи так. Спустя год "кака така любовь" перешла в ранее неведомый для Лактионовой контекст. Сначала она не могла привыкнуть, а потом отделаться. И когда отделывалась – большая и взрослая любовь по имени Олег тотчас нарисовывался и любил Лактионову. А стоило привыкнуть к порядку вещей – Олег терялся, как чайные ложки. Или наоборот – Олега теряли специально, когда такая любовь становилась невмоготу. Причем, игра была в оба ворота. Бросали они друг друга по очереди, каждый раз расставаясь шумно, с криками или по уставшему спокойно на парковке у Макдональдса. Однако зрителей они в свои скандалы не приглашали. Это всегда была приватная вечеринка для двоих. А на мировую шли как-то одновременно в одно и то же время. Понять подобное стороннему наблюдателю сложно, да и зачем.

Так сложилось, что когда происходила очередная любовная сенсация, подруги собирались на консилиум у Варецкой – на большом балконе в теплое время года, или на кухне зимой.

На кухне обычно всегда решаются самые важные человеческие вопросы. Поэтому американцы вынуждены ходить к психоаналитикам, в храм успокоения и нытья, потому что у них кухонь нет. Большинство услуг межличностных отношений можно купить за деньги, включая сопереживание.

Совмещение двух маленьких пространств в одну

большую и просторную ливинг рум, бесспорно, отличное дизайнерское решение. Но кухни по-прежнему решают очень многое в жизни своих обитателей. Именно там происходит все самое интересное: от собраний разговорного клуба "Желчь" до четких далеко идущих планов, как управлять страной и забивать в ворота одиннадцатиметровый. Да что уж! На кухнях порой решаются целые судьбы! Возможно, как раз необходимо замкнутое пространство с чайником и ложками в качестве атрибутов, чтобы не приходилось искать пятый угол.

Когда же Варецкая укатила в Нью-Йорк, женский балконно-кухонный консилиум был бессрочно перенесен в FaceTime. Без этого подруги обойтись не могли. Особенно когда у одной кухни не стало, а у другой там большую часть времени сахар в чае ножом размешивали.

— Угадай, кто снова объявился?

Рада попыталась вспомнить, какое по счету грядет примирение с Олегом.

— Ба! И что обещает? Многократную моногамию?

— Многократное шлянство. И будь счастлива, Марусь, и умри в один день от злости! Будь моя воля, я бы создала некоторых мужчин по образу и подобию Кена, ну, то есть безчленственными. "Органы движения, поотрубать бы вам в чертовой матери эти ваши органы движения!"

— Намек на органы движения более чем информативный. Вроде ж он без ума от тебя, а такая овсянка в голове...

— Да-да, без ума. Ума бы ему не помешало. А фигушки ему, моему заюшке.

— Так ты как с собакой Павлова: дрессируй и инстинкты вырабатывай. Лампочка зажглась — слюна потекла. Более того, если девушка умеет делать борщ и минет — для нее нет ничего невозможного.

— Нет, Варецкая! Борщ варить уметь уже не важно. В тренде артишок. Черт его знает, что это такое.

— Я боюсь таких слов. Артишоки, каперсы, кориандр, ньокетти, булгур, баррамунди, кумкват, дефлопе... От этого мне снится коровий фреш.

— Да уж, верно. Ты там как?

— Знаешь, бывают такие вечера, когда вдруг резко ка-а-а-к захочется борща, драников, семечек, березового сока, пельменей, селедки, соленых огурцов и домашних чебуреков, еще селедки, рассольника, брынзы, оливье, докторской колбасы с хреном, печенки с луком, обычной жареной картошки колечками, а не френч фрайз, снова семечек, абрикосового варенья, медовик, и даже киевский торт. И запить это все добро чаем со свежей мятой, заваренной из свистящего чайника. И крикнуть на него: "Да не свисти ты, иду я, иду".

— А еще подруга называется! Так жрать что-то захотелось. Обещала себе после шести ничего в рот не пихать.

— Боюсь тебя расстроить, но не получится. Или ты с Олегом до шести часов сегодня встречаешься?

— Пошлячка ты, Варецкая!

— Какая есть. Кстати, снова о есть. Помнишь, в детстве было два вида домашних бутербродов? Один с растительным пахучим маслом и солью на черном Бородинском, а другой с толстым слоем сливочного масла и сахаром на белом хлебе или нарезном батоне. Я бы сейчас оба схомячила.

— Ненавижу тебя!

— Сейчас конечно совсем не мудрость скажу, но если хочешь есть — съешь яблоко. Если не хочешь яблоко —

значит не хочешь есть.

— Некогда мне, даже яблоко. Да и каждое перемещение через мост Батона по дороге в шоу-рум — это вечное приключение. Пробки, газы, приставучие водители с криками: "Девушка, а вы не меня случайно ждете?" и "Вашей маме зять не нужен?" Подзаколебало. И вообще, ведь нет ничего проще: "Привет. Я — имя", при чем желательно имя и фамилия, потому что это правильно. Просто Саш в телефоне уже штук десять записано. Или "Привет, как дела?" И все, и сразу можно завязать разговор, — закипала Лактионова.

— Бесстыдники, — ответила Рада.

— "А можно с вами познакомиться?" — изначально провальная фраза. Девочки любят, когда на них претендуют. Так зачем уточнять? Можешь — претендуй, не можешь — извини. Маме зять не нужен. Мама тут вообще ни при чем. Только Митровитону не говори!

— Торжественно обещаю.

— Когда подкатывают, придумывают же вычурные фразочки про погоду, красивые глаза и приглашают сходу в Париж. Погода бывает разной, и это прекрасно, а про глаза свои я и так знаю. Париж не интересует.

— И уж если отказали человеку, то не стоит настаивать. Ибо Хвойная Усадьба Йокалеменейки не резиновая, да?

— Да! И не мы "… сучки, и что им только надо". Просто мама учила сначала здороваться. У тебя-то как на любовном фронте? — выдохнула Лактионова.

— Голяк. У меня дома пахнет скукой. Развлекаюсь свойствами вебкамеры на Макбуке. А щипания за зад я не воспринимаю как предложение под венец.

— Рада, может тебе планку поиска снизить?

— Да куда еще ниже?! И так уже, чтоб не ниже метр

семидесяти восьми. А иначе как я буду носить свои высокие каблуки? А, ну и понимание Жванецкого конечно.

— Дался тебе этот Жванецкий! Сходи уже на его концерт, успокойся.

— Ни в коем случае! Я люблю, когда нас только трое: я, его тексты и талант.

— Но ты все же подумай насчет планки.

— Ну хорошо, Марусь! У меня будет новая планка: что-то между пусть у него просто будет пульс и слава богу, не ссытся под себя.

И подруги расхохотались.

— Лактионова, любовь не супермаркет, чтобы ходить и спрашивать: "Мужчина, а вы из какого отдела будете — молочный или бакалея?"

— Я бы взяла "Веселого молочника". Бифидобактерии и смех — для здоровья полезно. Так, все. Вроде пробка рассасываться начала. На связи! — Маруся свинтила губы трубочкой в воздушном поцелуе и отключилась.

Воскресенье. Любимый день Рады. Самый ленивый, потому что выходной, и самый продуктивный, потому что последний выходной недели. Можно полениться до полудня, телевизор посмотреть или кино какое, и валяться в кровати. Натаскать туда еды, как в гнездо, и крошить там. Варецкой нравится больше календарь, в котором первый день — воскресенье. Будто бы так появляется один лишний день в неделе. Хотя всегда, всегда не хватает еще одного дня.

Фоном включено какое-то документальное кино. Эффект присутствия. Рада дописала, что нуждалось в дописи, изменила, что требовалось в переписи, а перемыв всю посуду на отсутствующей кухне, совмещенной с гостиной, придумала шестнадцать новых слоганов посудомоечной машине. Однако применять ни один из них на себя даже не собиралась. Мытье посуды и в целом кухня как помещение были одним из двух способов, когда она могла расслабиться и подумать. К примеру, с тарелкой и пенной мочалкой родилось немало хороших текстов. Или стоило задуматься на минутку и вдруг бац! Вся кухня в котлетах, или блинов нажарила штук пятьдесят, случайно. Вторым способом была ходьба. Выгулять голову. Решения в процессе ходьбы приходили часто и с оркестром. Или же можно было просто бродить по городу и думать ни о чем. У каждого свои способы. Кто-то слушает, как трава растет. Рада же ходит пешком или драит тарелки.

Из документального фильма послышалось: "...и дают им Google в коммуналке".

"Ну все, доработалась. Пора на свежий воздух, мысли проветрить, а то давят", – подумала Рада и ушла на прогулку.

Плохое настроение – это просто неприлично. Поэтому в Штатах принято улыбаться. Повсеместно и всем без разбору. Это правило хорошего тона. Улыбаются абсолютно все, даже бомжи. Одни сверкают унитазной улыбкой за "-надцать" тысяч, другие – чем бог послал. У привыкшего к серой жиже семь месяцев в году внутренний мир на лице отображается соответственно, особенно по утрам. Улыбка незнакомцев, ничем не обоснованная, вызывает негодование. Поскольку человеку всегда немножечко хорошо, когда другому чуточку хуже. Любая мелочь, которая одному морщинит лоб, другому способна поднять настроение на целый день. Даже если у самого при этом дела идут не наилучшим образом.

С чужой необоснованной улыбкой вообще особые отношения, которые проходят три стадии: удивление, принятие, подражание. Когда улыбаются в Штатах – это ок. Однако, как писал Сергей Донатович Довлатов: "В Америке улыбка еще не показатель. Бог знает, что здесь проделывается с улыбкой на лице". А вот когда в Украине незнакомец ни с того ни с сего растягивает губы дудочкой, все еще невольно лезешь в сумку или карман проверить кошелек. Фух, на месте. Тогда что же этому жизнерадостному нужно? Без причины? Так не бывает! Без причины, как известно, только дураки смеются. Улыбка как зеркало души, всегда открытая для других, несколько обескураживает. Про "Здрасьте, как дела?" просто так от незнакомца на родных просторах пока, пожалуй, и говорить не приходится.

Вообще Варецкой всегда казалось, что душа у человека находится где-то в районе ноздрей. В Нью-Йорке окна в основном открываются снизу вверх, а не как в Украине – нараспашку. И если принять во внимание тот факт, что в кино наши кричат "Спасаем наши души!", а американцы – "Спасаем наши задницы!", то и с окнами выходит, что проветриваешь не душу вовсе. Как-то не по-людски это, чтоб и душа через задницу. Так ведь еще и просквозить может.

Что любопытно, в Нью-Йорке совершенно невозможно ни с кем поругаться на ровном месте. Не в окно же неправильно открывающееся орать, ей-богу! Все такие елейно-кисельные, как варенье. Аж противно, но приходится держаться.

А может они на психоаналитиков орут? Сто баксов в час – ори не хочу. Или тоже улыбаться надо? Хоть, безусловно, и с профессионалами своего дела. Но в Нью-

Йорке даже у психоаналитика есть свой психоаналитик. И кухня без двери.

Бывает плохонько человеку настолько, что душа в нижнюю чакру переместилась, ту самую, в которую нью-йоркские окна проветривают. Одним словом, сдохнуть хочется. Но человек держит лицо, улыбается. Кривится, но улыбается. И от смешения совершенно противоположных эмоций на лице такая гримаса, что его вот-вот разорвет на части. Это какой-то социальный психоз. Общество улыбчивых неврастеников. Сразу понятно – не было в Штатах нормальной такой шестиметровой кухни. Иначе психоаналитики даже не посмели бы завестись.

И тем не менее, когда в этот конкретный момент хорошо – улыбаешься во весь рот, да еще и притаптываешь под музыку из наушников, а хоть бы и в метро, максимум, что окружающие выразят лицом мнение, так это: "Ух ты, класс!" А у нас бы так сразу: "Иж ты весело человеку, мать-перемать". В этом-то и отличие. Какими бы на самом деле улыбки ни были.

Вот чем Нью-Йорк приятен во всех отношениях: выходишь из дома и не знаешь, что произойдет. Хоть распланируй всю жизнь наперед, абсолютно всегда есть повод получить новые впечатления. И как ему, городу, это удается? Например, можно познакомиться с человеком, который родился на острове. На острове Сахалин. Или в парке увидеть девушку, которая выгуливает морскую свинку в специальном зорбе на поводке. Наблюдать, как регулировщица на перекрестке руководит потоком машин, танцуя. Подслушать, как водитель такси из Индии спорит с хозяином гастронома из Пакистана, каждый на своем английском. Что удивительно – они друг друга великолепно понимают. И никто ничему никогда не удивляется. Видали всякое. И в тот момент, когда думаешь, что видел многое — замечаешь невероятно красивую мулатку в полупрозрачном ситцевом платье в цветочек, в шубе и сапогах на босу ногу, с бородой и бакенбардами. Не то что привычные прохожие в квадратных куртках. И только в Нью-Йорке, будучи в лаундже на крыше, можно пи́сать с видом на Эмпайр Стейт Билдинг. Восхитительный город!

В Нью-Йорке чувствуешь себя человеком мира. Можно жить в китайском районе, есть греческую еду, смотреть на французскую Статую Свободы. И это так непривычно, когда люди вокруг понимают твой домашний язык. Все приходится носить в себе. Хоть указатель уличный вешай: "Осторожно! Не расплескайте всю речь". Впрочем, наметилась тенденция: люди с неродным английским образуют очень любопытные конструкции. До целого диалекта еще конечно рано, но, тем не менее, своеобразное нечто уже существует.

Рунглиш. Ростовское "Ну, гэт ап! Лэтс гоу, лэтс гоу кому сказала". Или с криворожским акцентом "Так, ам тэлынг ю! Рыли рыли, зуб даю". Или гомельское "Дринк вотер, на! Мне нужно месседж натайпать".

Рунглиш язык используется исключительно в русско-язычной среде Нью-Йорка. Когда слова всем знакомые в английском знают и понимают, но переводить их нет никаких сил и желания. Мы хотим сказать много, быстро и сразу все. Поскольку нам есть что сказать по любому случаю. А тратить время на перевод слов или поиск их соответствия в русском языке — увольте, это долго.

Слова не просто заимствованные, которые ужа давно и плотно засели в обиходе и вытеснили русские аналоги, вроде "менеджер" и "супермаркет", а так же просто новые, которым нет синонимов, типа "ток-шоу", "вай-фай" или "АйТи". Хотя многие добавляют к IT еще одни "технологии". Наверное, "информационные технологии технологии" звучит гораздо технологичней. Но даже если есть перевод и соответствующее слово в русском языке, не станешь же говорить "ристалище" вместо "ипподрома", правда? Так появляются неологизмы и новые конструкции, которые понятны лишь определенному кругу лиц.

Взять, к примеру, Брайтонщину:

– Будьте добры брынзы.

– Вам для чего?

– Мне для есть. Для чего же еще.

– Ну, может для салата… Вам наслайсить?

– Не надо. Так погрызу.

Там же можно случайно подслушать разговор двоих "за дела", и обрывок фразы "Да ну его, он еле-еле поц". Или, если подфартит на колорит, наткнуться на русскоговорящего таксиста и услышать чисто одесское "Где вам ехать?" и махнуть ни глядя. А на улицах Ньюйоркщины то и дело: "Вася рентнул новый однобедрумный апартмент, за который его чарджат за сторэдж дополнительно тысячу долларов", "Кстати, запретили же курить в паблик спэйсах и могут выписать тикет", "Да сразу на руфтопе и возьмем уже пару дринков", "Идите идите, я пообзёрваю".

Хотя оно и неудивительно, когда в русско-английском онлайн-словаре в примере использования слова "осуществлять" встречаешь такое: "Субъект второго рода, желающий добавить в свою коллекцию свойств спокойствие и уверенность в себе, достигает этого, запоминая, что надо приобрести красные тапочки, что и осуществляется под действием анального вау-фактора". Миссия выполнена. Иногда лучше молчать, чем говорить. Как бы анальный вау-фактор не свербел высказать свое мнение по поводу и без.

Впрочем, в Украине разговаривать на вымышленном английском считается в какой-то степени даже модным: вворачивать английские слова просто так, без предупреждения. "Что плохого в челленджах, мы на них деньги рейзим", "Проскроль вниз, там бáттоны зеленым выделены, и пруфлинки синим", "Иногда случается полный щит, но все, что нас не убивает, добавляет экспириенса", "Дарлинг, не делай мне нервы".

Как хорошо, что Пушкин Александр Сергеевич умер. Иначе он от неожиданности не смог бы даже пошевелиться и так и валялся бы в глубоком обмороке. А смерть от дуэли звучит все же приятней для истории.

Выпьем, добрая герлфрендша
Бедной юности моей,
Выпьем с горя: где же кружка?
Харту будет фаниэй.

Нагулявшись по улицам Нью-Йорка, где обязательно воняет либо едой, либо травой, Рада Варецкая зашла в любимое кафе на МакДугал стрит.

За столиком слева сидел музыкант. Открыл громадную книгу и читал ноты, бормоча себе под нос и постукивая пальцами в воздухе. По всей видимости, у него в книге есть любимые моменты, так как несколько аккордов были отмечены зеленым маркером. Он помахивал головой очень неестественно, будто у него болели все-все зубы. И если бы не ноты, можно подумать, это очередной чокнутый, коих полно на Манхэттене.

Справа девушка уткнулась в монитор ноутбука,

который светился жуткими графиками, диаграммами и таблицами. Мы можем менять страны и города, любовников и машины, но привычки неистребимы. Попросить незнакомого человека присмотреть за вещами, чтобы другие вокруг такие же точно незнакомые ненароком чего не сперли – это только наша фишка. Ну а что? Сидишь, присматриваешь, блюдешь, кофе стынет, переть нечего – одна перчатка, блестящее ГМОшное яблоко и ноутбук с файлами Иксэль. Чего спрашивается просили.

Когда в заведении показывают фильмы Чарли Чаплина, а на столах можно рисовать мелом, есть только два варианта каляк-маляк. Первый: "Здесь был Вася/Джон/Сигизмунд Леопольдович". Второй: мужской репродуктивный орган в заборно-народном сокращении. Рада выбрала нечто среднее, выводя на столе мелом по-английски "Украина". Когда официант принес еще кофе и аккуратно поставил чашку на стол рядом с "Украиной", чтобы не задеть, Рада нажала кнопку видео вызова в FaceTime.

– Оскар, салют!

– Привет, привет.

– Не спишь, как обычно?

– Как обычно. Как сама?

– Лучше всех. Как всегда. Хочешь шутку из местного фольклора?

– Хочу.

– Если хочешь жить хреново, приезжай к нам в Оклахому.

– Т-ха! Скажешь тоже. Зато там нефть есть, а значит все не так уж и плохо, – отреагировал Оскар. – Кстати, мне сегодня приснился сон на английском.

– Ужасы?

— Сложно сказать. Поскольку английский серьезно учу всего лишь три месяца, то я так и не понял — страшный это был сон или нет.

— Значит, во сне ты был не пьян, иначе бы понял.

— Ты права. Когда я пьян, то могу на любом иностранном языке объясниться, хоть даже на бургундском. И если собеседник в таком же состоянии, то и понять меня не составит никакого труда.

Рада засмеялась.

— Но английский мне нужен нормальный. Я же вот-вот контракт подпишу с американской звукозаписывающей компанией.

— А в реальной жизни что нового? — проигнорировала Варецкая одну и ту же басню про мартышку и очки: Оскара и мифическую звукозаписывающую компанию.

— Мне две богини массаж делали. Совершенно бесплатно.

— Оскар, давай обойдемся без подробностей твоих телесных похождений.

— Да нет, я не в этом смысле.

— "Да нет, наверное". Эта фраза просто разрывает мозг любого иностранца, который хоть немного понимает русский язык.

— Ой, они вообще говорят одно, пишут другое, произносят третье. А думать за них надо мне.

— Как точно ты сейчас сформулировал принцип работы СМИ в лоббировании нужного вопроса.

— Короче, Варецкая! Ты хочешь услышать мою историю про двух монашек?

— Оскар, если ты решил что-то рассказать, кто ж тебя остановит?

— Именно! Так вот. Сегодня ранним утром звонок в

дверь. Сонный прусь открывать и в момент просыпаюсь от того, что на пороге стоят две симпатичные девчули, правда, совершенно умытые. И покорным голосом так: "Здравствуйте. Мы – свидетели Иеговы. Мы пришли с богом". Я выглядываю за косяк двери, потом смотрю в сторону лестничного пролета, и говорю: "А бог с вами? Что-то не вижу… " – "Да, бог с нами. Мы хотели бы вам прочитать учения и заповеди нашего бога, а в это время можем сделать вам массаж". Давайте-давайте, думаю я. Почти что монашки, только в обычных длинных платьях, хотят мне сделать массаж ну и что-то там побурчать по ходу дела. "А, ну раз так, то заходите", – улыбаюсь и впускаю их делать мне массаж.

– Дурак ты и не лечишься! Ты впустил к себе домой этих двух мимоз?

– А что такого. Из ценного у меня только гитары, а они вчера в клубе остались.

– "И ткачиха с поварихой, с сватьей бабой Бабарихой…"

– Ну что, одна делала массаж, вторая рассказывала. А потом такая в конце протягивает мне брошюру: "Вот, почитать не хотите?" – "Спасибо, – говорю, – вы мне уже много рассказали. Ваш бог супер парень! Во!" – Оскар выставил большой палец вверх.

– И что дальше? Жарил ультрамальвин?

– Ничего. После в целом неплохого массажа закрыл дверь и лег спать дальше.

– Ясно. Взял телефончик сектантских монашек?

– Нет конечно, что ты!

– Слушай, я тут походила, подумала… А что если действительно зафигачить из Паши модельера?

– То есть здравый смысл решила не тревожить, да?

— Но ты сам посуди. Когда Скарлетт О'Хара в "Унесенных ветром" шила себе платье из шторы, мало кто был в курсе, что оно из шторы, но все обзавидовались фасону платья. Я к чему. Секонд хендов в городе предостаточно. Мало — возьмем всю Украину, да и Штаты. Придумаем название бренда — какой-нибудь NO-BRAND. Я займусь пиаром, по полной, как положено. Паша будет международным клиентом моего агентства. Точней Пол Паркет.

— А Паша в курсе?

— Еще нет. Оскар, да для него это с ума сойти какая возможность! Я помню, как горели его глаза, когда он рассказывал про секонд хенд тогда.

— Ну допустим. Ты бы его спросила. Захочет ли?

— А это уже твоя задача ему все расписать в лучших красках.

— Я? — удивился Оскар.

— Конечно. Вы же друзья. И ты для него авторитет, а значит, к мнению твоему прислушивается. Он сам по себе уже бренд. Только пока об этом никто не знает. Даже он сам. Поговори с Пашей, чтобы он не нафантазировал себе чего лишнего.

— В смысле?

— Ох… Некоторые дизайнеры бывают такие неженки. Играют в игру под названием "Уговори меня". Конечно, конечно, милый, ты — гений ниток и повелитель булавок. Бесспорно, и обжалованию не подлежит. Потом немного поучат жизни, выдадут бесплатный совет. Далее пококетничают. Расскажут, как они ценят свой сон. А потом передумают вообще что-то делать, ибо по ощущениям у них карма обиделась.

— Варецкая, мы сейчас об одном и том же человеке

говорим? Ты вообще помнишь Пашу Галушко?

– Это я так, прогнозирую ситуацию. Ну, мало ли, Паше крышу снесет. Звезда набекрень съедет, нимб на дальний включится заранее. А этого нельзя допустить. Мы же его сами и создадим. И чтобы никаких нежданчиков. Терпеть не могу сюрпризы!

– Так ты хочешь из него модельера сделать. Или я не понял?

– Все правильно понял. Дизайнер одежды, он же модельер.

– А ничего, что его в Киеве знают? Друзья-товарищи тут же найдутся "посодействовать", – сказал Оскар.

– А вот это как раз вообще не проблема. Аудитории эти, как параллельные прямые, не пересекаются. Из Нью-Йорка будем его везти, биографию подкорректируем. "Не вынес общественного незнания, уехал, но обещал вернуться". И вот он – чикс, с украинскими корнями. Все, как у нас любят. И слово Америка, как ни странно, до сих пор производит магический эффект. У страны совершенно потрясающий маркетинг. Чего только стоит знаменитая американская мечта. А если еще есть "корни", то мы думаем, что запросто так к куме Миле Кунис можно завалиться, или с Евгением Гудзем из "Гоголь Бордэлло" Мадонну пообсуждать что да как. И вот это уже "признание". Главное пристально следить, чтобы ни в одном источнике ничего такого не положенного не ляпнули, а ляпали как раз что следует. Потому что функция пиарщика сегодня – не только постараться, чтобы люди заговорили об объекте пиара, но и сделать так, чтобы не наговорили ничего ненужного и не распространили этого. Ничего не стоит бояться, если ты никто для медиа. Но даже в этом случае... как знать, как знать. Впрочем, лишний скандальчик, обсуждения и слухи, будоражащие воображение не помешают.

— Варецкая, как ты собираешься все это провернуть? — безнадежно спросил Оскар.

— Как ни странно! Тем более, скажу я тебе мой друг, давно хотела заняться чем-то эдаким, а войну Албании уже объявляли.

— На тебя что, напала демократия?

— Только что шутку придумал?

— Ну, разумеется!

— Браво!

— Любопытно, Рада, другое. Кто будет надевать ношеные тряпки? И главное – кто на это купится?!

— Оскар, ты очень недооцениваешь два момента: способности связей с общественностью и эффект толпы. Людям свойственно хотеть принадлежать к определенной группе, будь то кареглазые блондины, клуб любителей справочника петрушки, да хоть вышивание крестиком по системе кунг-фу. А быть в касте, ассоциироваться с чем-то на порядок выше – тем более. Хоть люди в коллективе не так хороши, как по отдельности. Издали все люди тоже неплохие.

— И что?

— И все. Если на украинском телевидении в одном предложении звучат такие слова, как "стряпня" и "звезды Мишлен" – аудитория априори очевидна. Мы сделаем всего два показа. В Нью-Йорке и в Киеве. Все остальное посредством "жужжания" и сарафанного радио. Иными словами, будем разгонять и нагнетать информационное поле. Мнения значимых экспертов в индустрии, постоянные обсуждения, припишем Паше корни и связи с громкими именами – и вуаля. Эффект наше все, иллюзия, впечатление. И конечно же ограничение количества. Лимитед Эдишн. Заиметь то, чего мало. Прям как с американской мечтой. Повышаем спрос на сокращенное предложение. И соотношение цена-качество – неразумное. То есть качество в норме, хорошее, в целом обычное. А цена как за… я пока еще так детально все не продумала. Цены будут позже.

— Все по много тысяч девятьсот девяносто девять?

— Безусловно. Чистой воды маркетинг, и чтобы никакого разнообразия в ценообразовании. Минус одна единица денег в цене дает результат. А лучше две линии забацать. NOBRAND и Paul Parquet. Для массового потребителя и первая линия, "шобы дорого багато".

— Так, подожди. И как ты собираешься все это применить в рамках нашего Пола Паркета?

— Оскар, досоображовывай. Нам нужен инвестор и создатель брендов для того, чтобы слепить из Паши то, что следует. Какие-то модные критики-блогеры. Хотя лучше, чтобы это сразу был такой топовый, с чьим мнением считаются, читают и репостят. Им трафик и бабло, нам массовость и моментальный разгон. Всем выгодно. Чтобы сделать Паше мировое имя, разумеется, вложить придется много. И я сейчас не только про финансовую составляющую говорю. Врубенштейн?

— Кого ты пытаешься отыметь в этом проекте?

— Не отыметь, а отметить важность скидываться взаправду на благо. Ведь что реально пригодилось в жизни после школы? Скидываться на подарки. Считай это благотворительностью. Мы же изначально именно это обсуждали тогда все вместе в "Диване".

— Зачем это все вообще? И почему бы просто не объявить о благотворительной акции в поддержку…

Кстати, кого ты там поддерживаешь?

— А ты сам много перечислил, наткнувшись на подобные призывы? Или вот так сразу придут дяди и выпишут чек на благотворительность? Ага, щас! Более того, так не интересно. Я же хочу показать эффект толпы, падкой на уникальность! Как глупый тест на Facebook: "Пройдите тест и узнайте, насколько вы уникальны", результат которого — "Вы в числе 2% людей с нестандартным мышлением и отсутствием стадного инстинкта. Вы свободны в своем выборе". Всего прошли тест знаешь сколько?

— Ну?

— Восемнадцать миллионов человек.

— Уникально!

— Проект "Пол Паркет" — это такой глобальный сбор средств, чтобы детки не болели, старики не нуждались, страждущие не умирали, а остальные не скупердяйничали и улыбались. Эдакий принудительный подарок — участие в благотворительности, без знания об участии в оной.

— Варецкая, это бред. Ты пересмотрела кино. Еще девушкой Джеймса Бонда сделайся, ага. Впиндехать в качестве тренда секонд хенд от Пола Паркета?! Ха-ха! Это забавно. И весь описанный тобою процесс — что-то из серии сказок и небылиц.

— Ах, Оскар, нет, ну я так не играю. Лично ты ничего не теряешь. А в случае успеха заработаешь — кусочек славы и денег на струны. Не хочешь — можешь не участвовать.

— В случае успеха… — повторил Оскар. — То есть ты предполагаешь, что проект   действительно может состояться.

— Это станет понятно после встреч с теми, кого этот

проект заинтересует. Погрешность и вероятность форс мажора всегда существует. А ежели со всех сторон будет согласие, то не вижу препятствий.

– Конкретно я что буду делать?

– Я хочу, чтобы ты играл на показах. Лайв-шоу. Придется написать отдельно музыку "рокагого" направления. Это тебе нехилый кусок рекламы тоже. Думаю, в Нью-Йорке круто петь песни на украинском языке. Именно на украинском, а не на английском, как многие любят делать с замахом на дальнейшие корпоративы. Ибо когда наши затягивают что-то типа край/дай/хай/донт лай/тунайт – это звучит отвратительно. И весь этот страбоскопный налет, которого так хотят добиться наши музыканты, исполняя любую кашу по-английски, в итоге звучит как сельская рэпачина, которая потом разъедает барабанные перепонки. Ведь если петь про кровь/любовь/морковь, но зато на английском, кровь/любовь/морковь от этого лучше не станет. Не знаю ни одного примера сносного англоязычного исполнения, поскольку каждый раз слышен акцент. А в Киеве тем более надо петь на украинском языке.

– И где логика?

– Оскар, мы же Пашу будем как американца с украинскими корнями представлять. Это будет красиво.

– Тогда да, согласен. Только все, что ты описала – это масштаб с большой буквы Мэ.

– Это потому я мыслю гораздо масштабнее, чем Шекспир – это а) трактор; б) писатель; в) масса тела; г) заварное пирожное. Я хочу все и сразу!

– Ты конечно молодец и все такое, но у тебя не получится. Не думаю, что можно вот это все провернуть, да еще так быстро, к тому же не имея пока бюджета… Это нереально.

— Знаешь, Оскар, я совершенно бесполезна для предложений поспорить от нечего делать, потому что всегда чем-то занята. И кстати, я могу быть неправа лишь в десяти процентах случаев, но мне насрать. Выбираю путь и продолжаю идти дальше по своим делам. Не оступлюсь и сейчас. И не отступлюсь. Ты сам выбираешь: да или нет. Уговаривать не мой конек. Потому что все зависит только и исключительно от желания. Я, если захотела и задумала что-то, то добьюсь своего, с союзниками ли, одна ли. А ты думай, конечно. Корпоративы, кстати, давно были? Как там твоя звукозаписывающая компания? Контракт подписал?

— Да там непредвиденная заминка с... в общем... Не об этом сейчас речь! — процедил Оскар.

А через минуту добавил:

— Музыку я напишу. Поиграем.

— Вот и ладушки. Если буквально – MilkOfPR "наймет" Пол Паркет, которого мы сами сделаем клиентом, которого закажут заинтересованные в проекте люди, которых мы сами и ангажируем. Они получат каждый свое: деньги, славу, власть. Кому что больше по душе в известной иерархии искушений.

— И какой план?

— Давай поступим следующим образом: ты поговоришь с Пашей, а я тем временем соединю между собой важных людей, которые в едином порыве захотят поучаствовать в создании проекта Пол Паркет.

— А дальше?

— А дальше работа в диких условиях. Пресс-атташе модельера Пола Паркета, то есть я собственной персоной, будет "атташить". А как иначе в такой многобюджетной авантюре. Шарахнуть проект – это тебе не баран начхал.

Местные украинские селебрити разных сфер деятельности вели себя напыщенно, как и полагает. Они заваливали своими фото-лицами интернет, искренне полагая, будто их жизнь хоть кому-то интересна. Они жаждали славы и потому торговали своим субъективным гламуром напоказ. Не понимая, что выкладывая фото еды, которую ели на завтрак, обед и во вторник, их с легкостью можно отравить. А видя чекин, еще и знать, куда конкретно нести пурген. Они делали ошибки, не разбирая, как правильно "-ться" или "-тся", а потому все писали одинаково, от чего страницы в социальных сетях кишели их отформатированными эмоциями. Озвучивали куски своих мыслей с такой важностью, что казалось, кровь пойдет носом и сознание потеряют. Притом на полном серьезе считали, что мнений бывает два: объективное и субъективное. Наивные. Иначе бы перепалок в комментариях на Facebook не случалось. Там каждый доказывал свою точку зрения, ссылаясь на свободу выбора. И одновременно посылал на заборные буквы всех, чье мнение не совпадало, а значит было неправильным. При этом большинство были не настолько красивы, чтобы так хамить. Давление социума в социальных сетях. Массовый стереотип про замужество "вовремя" и детей непременно до тридцати, чтоб не старородящей (слово-то какое мерзкое) тому наглядный пример. Хватит того, что соцсети и так заставляют чувствовать человека одновременно болваном, фригидным импотентом и неудачником.

Интернет сообщество вуайеристов и эксгибиционистов в одном лице, которые в желании снискать благодать – почтение подписчиков – затопчут любого. Формирователи мнений, как им казалось, управляли сознанием аудитории со страницы своего аккаунта. Одновременно являясь пулом, ресурсом, что готов выполнить свою функцию по требованию. Даже не ведая того. Ведь новости на ТВ принято не смотреть, поскольку они выглядят следующим образом: истерические хроники, исторические хроники, хронические истерики, и о погоде. А вместо этого читать исключительно "авторитетные" онлайн-ресурсы, которые сообщают только "объективные факты".

Чем больше пользователь проводит время онлайн, тем уютнее себя там ощущает, тем больше верит в то, что там происходит. И сам вызывает больше доверия у других.

Новости создают псевдосреду. Но реакция человека на нее очень даже реальная. Отсюда и репосты у себя на странице в Facebook и, чтобы не выглядеть профаном, ссылки в разговорах за жизнь. Под кильку в томате или дефлопе – это уже кому как повезло.

Неминуемо следом подтягивалось второе ядро целевой аудитории, тоже по принципу стадного чувства. Однако, это они сами. Офисная хипстерня с налетом гламура – портрет того, кто создает массовость в любом деле: от очереди в Starbucks до государственных переворотов.

Типичный Валера, революционер в душе и лентяй в резюме, который ездит, как олень и работает, как получится. Любит котиков и шерит чужие статусы. Хочет первый снег и жалуется, что холодно. Хочет солнца и жалуется, что жарко. Машет лопатой для Instagram, а не для чистки снега и любит число тринадцать. Фотографируется на фоне ковра дескать смеха ради. Жалуется, что мотивируют взрослеть и хочет любви. Кричит, что владеет в совершенстве НЛП и безграмотно пишет. Ест "Докторскую" на ночь, а рекламирует фрикасе и капкейки. Смеется над концом света и покупает койко-место в бункере. Постоянно хочет новый iPhone и без спросу добавляет в группы на Facebook. Сканирует и постит свои школьные фото и сам себя цитирует. Загадывает желание на циферблатные нули, мимимишит и пупупусит, целуется при встрече с мужчинами-друзьями. И не спит до двух часов ночи. Лайкает и распространяет призывы к благотворительности, но сам в ней не участвует. Ходит в подкатанных до щиколоток джинсах и с бородой, такой стильной, как у Фридриха Энгельса. (А если соберутся трое таких, то через час вокруг них образуется фестиваль). Пьет карамельный латте и мироточит манговым смузи. Летом надевает джинсовые трусишки, на локоть вешает большую женскую сумку и расхаживает так по улицам взад-вперед. Ну, лишь бы не барсетку, да и на том спасибо. В принципе, мальчики в трусишках нравятся только мальчикам в трусишках. Но наш Валера вообще ни разу не такой. Хотя в тусовке своей он скорей Валеро, Валерьян, Вэл, ну или какое-нибудь подобное вычурное индиго. Лучше бы был геем, но нет. Интересуется всем и ничем глубоко, профессиональный профан. Верит в свою некую психологическую травму, которая сделала его таким восприимчивым эмоциональным ублюдком. Адепт исключительно модных социальных сетей.

Другими словами, местные селебрити любой сферы деятельности и Валера – смежные аудитории: снобы-социопаты и представители касты "ликеров". Каждый из них облизывается на свою персону и собственное значение в виртуальном социуме, и участвует в гонках на скорость, где человек соревнуется с телефоном. Единственное, что отличает их между собой – это названия и количество звезд на бутылках. В остальном, те же обычные пороки. Только счет на порядок выше. К слову, алкоголь действует на всех людей одинаково, без исключения, вне зависимости от статуса и внешности.

Проект "Пол Паркет" — пощечина, дешевый фарс, грубая шутка, волшебный пендель тем, кто вляпался в тщеславие. Хотя конформизм еще никто не отменял. А в толпе умственные отличия сглаживаются. И все ее представители становятся, как написано в Google, schmo — гипотетически обычными людьми. С богатой историей личной драмы за плечами и зеркальным отражением в глазах. Они первые побегут покупать наряды от Пола Паркета. Именно они будут сидеть в первом ряду модного показа. А остальные будут их считать болванами и одновременно завидовать. Подражают, как правило, тем, кого люто ненавидят. Сначала возносят, а потом ненавидят. Что, в общем, на руку MilkOfPR. Будет забавно посмотреть на их искореженные лица, как только правда вылезет наружу.

Рада Варецкая была из тех людей, у которых в жопе гвоздь, на душе одуванчики и кураж. Для нее даже самые невообразимые идеи смело могли перейти в разряд рабочих проектов. Главное было захотеть. Желать желаний — так она жила. Доброта, любовь к жизни, человечность.

И пусть Рада уже находилась в Нью-Йорке, и пускай Оскар скептически относился к самой затее, а Паша был не свободен в многочисленных повальных попытках наладить свое материальное счастье. И тем не менее. Ладно, уговорили. Готовьтесь, мужайтесь, Магометы. Гора NOBRAND созрела и придет сама. Улыбните свои улыбальники. Распахивайте широко окна. Спасайте ваши задницы. Или что там у вас есть.

ДЫРЯВОЕ МНЕНИЕ

В холле офисного здания на пересечении Девятой авеню и Тридцать первой улицы, где находился MilkOf-PR, Варецкая привычно кивнула "привет–как–дела" человеку у лифта.

— Вы едете вверх? – спросил тот.

— Да.

— Я еду вниз, на минус первый этаж, – и посмотрел так, будто извинялся за ляпы всего человечества.

— Ничего страшного, вы же не в Филадельфию едете.

Рада была занята просчетом окупаемости инвестиций и написанием пиар плана всего мероприятия от и до. Лил дождь, от чего на улице люди все помрачнели и скукожились. А ей было хорошо. Рада любила дождь как умалишенная, в любое время года. Он всегда смывает лишнее и является предвестником хорошего.

FaceTime в телефоне показывал Марусю.

— Ола!

— "Кока-Кола"!

И подруги засмеялись.

— Не отвлекаю?

— Марусь, я как раз хотела сделать перерыв и есть для тебя история.

— Отлично. А я уснуть не могу. Будет сказка на ночь. С кем уже познакомилась, выкладывай!

— Ох, парень из Джерси.

— Как тебя так угораздило? Ты же ненавидишь Нью-Джерси.

— К сожалению, у него на лбу не написано. А работает в Манхэттене конечно.

— Варецкая, я прям чую, история будет занимательная!

— О, да! Сначала я объясняла ему кто такой Стас Михайлов.

— Парень наш что ли?

— Парень русскоязычный, а живет тут давно. Это нормально, что не в курсе про Михайлова. Пока, значит, я объясняла, вспомнила про него много шуток. Но посмеяться вместе не получилось. Ведь объяснять шутки — это хуже некуда. Короче, выпили мы с ним кофе. Я понимала сразу, что мужчина из Джерси это вообще не какангел. И обняла его на прощанье, потому что больше не собиралась видеть.

— На этом же история не заканчивается, иначе это будешь не ты.

— Безусловно. Мы с ним все же встретились снова и

поехали к нему домой. А потом ему кто-то позвонил и он, извиняясь, сказал, что нужно срочно отлучиться на час, меня никуда не отпускает, непременно хочет, чтобы я осталась ночевать и все такое.

— Что же у него случилось?

— Не спрашивай. Я тоже не особо вникала. Тем не менее, я одна, в мужской квартире. Естественно решила обследовать территорию. Открыла шкаф... Ты не поверишь!

— Что, труп бывшей?

— Почти. Все вещи в полиэтилене! Все, абсолютно все! Каждая рубашка! И даже каждая футболка!

— А трусы, – ржала Лактионова, – тоже в целлофановых пакетах и на вешалках?

— Подозреваю, что да.

— Чего ты так сразу. Может он из химчистки все забрал только.

— Обувь вся тоже в отдельной своей коробочке. И в каждой, в каждой туфле бумаги напихано в носок, чтобы форму держал. Я проверила. В каждом!

— Ничего себе у человека богатый внутренний вакуум. Даже я так не забочусь о своих копытцах.

— Зато теперь он живет в говне, – смеялась Варецкая.

— Ты посрывала полиэтилен с его трусов?

— Я загадила ему полквартиры. И это не фигурально выражаясь. А буквально. И жить ему теперь так, пока не выветрится, – Варецкая захлебывалась от смеха.

— Не томи уже! Рассказывай сейчас же!

— Там слишком много говна в этой истории...

— Я это переживу.

— Унитазы америкосовские не совсем такие, как у нас. То есть система слива не обрушивается сразу водопадом, а сначала вращает воду с центробежной силой. Опустошила я значит бачок. А из него, как назло, водичка не очень так активно льется, заполнила чуток сантехническое седалище и никуда не уходит. Стою, смотрю, осознаю. И именно в этот момент я сделала ход конем против старых труб, слива и всей их американской действительности – нажала на рычаг еще раз. Силой вселенской несправедливости все начало смывать на меня! Потом через край и на пол, потом из ванной – в комнату. А там ковровое покрытие. То, что не свернешь и не выкинешь. Намертво к полу приклеено и под плинтусом прикручено к стенам. Кто вообще сейчас стелет на пол эти пылесобиратели? Их даже если захочешь выкинуть – уморочишься!

– Ковролин прикручен к стенам?

– Да. Я проверила. Я уже говорила, что мужчина этот странный? Так вот. Я сначала, мягко говоря, была обескуражена. Стою такая, боюсь этого наплыва говна. А потом думаю, что некрасиво как-то получается. И попрыгала в спальню к шкафу за полотенцами.

– Они тоже на вешалках и в полиэтилене?

– Не поверишь! Их вообще нет! Только одно полотенце. И то – в ванной. Затертое и не стираное наверное как раз с года постройки дома. Несоответствие какое, правда? И тут я просто удрала. Вызвала сантехника и отправила сообщение "полиэтиленовому". По моим расчетам как раз в одно и то же время встретиться должны у квартиры.

– Варецкая, ты – монстр! Так нельзя.

– Нельзя конечно. В знак протеста занудству даже унитаз взбесился. Зря только это, зря. Еще и говно это не к месту… Хотя нет. К месту. Приехала домой, отмылась от впечатлений. И звонит давний приятель из Цюриха, у меня проект один имеется, и он как раз хочет обсудить детали, поработать. В общем я что думаю. Если снятся какашки — это к деньгам. Если голубь нагадил на голову, машину или прям в руку — это к деньгам. То есть, чтобы появились деньги — обязательно надо пройти через какое-то дерьмо.

— Все правильно. Деньги и какашки ходят рядом.

— Надо будет что-нибудь отправить в подарок ухажеру. Унитаз что ли новый... Как думаешь?

— Думаю, что ты балда, — ржала Лактионова. — Он наверняка знает, где в телефонной клавиатуре набор всевозможных смайлов. Очень удобно выскажет тебе свое отношение одним символом.

— Я уже грущу.

— Если забыть про полиэтиленовые наклонности, как он сам?

— Что-то весь дрожит, трясется, спотыкается. Неуклюжий такой, что ой. Человек-солнышко — невозможно смотреть без слез. В общем, не сошлись мы с ним характерами. Там того характера не увидать. Ну в верхней части он еще ничего. А нижняя часть больше для пописать, как выражался мой любимый Жванецкий. Переспать ни о чем. Я считаю это своим вкладом в благотворительность.

— Но все равно так нельзя!

— Нельзя. Но мне не нравилось в нем... — Рада задумалась. — Да все мне в нем не нравилось!

— А зачем тогда поехала и голову парню морочила?

— Мне было скучно. И хотелось немного обожания. Неожиданно прочитала увлекательную на четыреста страниц книжку. Пока нежно несла ее из одной комнаты в другую, присела на табурет — оказалось, она и закончилась. Каждый раз, когда заканчивается книга — мне чуточку грустно. В книжную лавку не было никакого резона даже заходить. Ты ж меня знаешь — забегу просто на обложки посмотреть и останусь читать там же у книжных полок, удобно усевшись на полу. А куда-то в бар идти, с кем-то знакомиться, обмениваться одними и теми же вопросами-ответами было лень. Вот я и подумала, кого бы возлюбить. Ко всему прочему просто так лампочки в доме все поочередно сгорели. Я сочла это за намек на разврат. И вообще он сам объявился и позвонил. Кстати, в книгах люди ведут себя не как в жизни, говорят не как в жизни и любят не как в жизни. Жаль, меня сразу не насторожило, что у него джинсы глаженые.

— Ну дык, глаженые джинсы и в Бельдяжки — это ж святое!

— В итоге человек оказался душный, еще и с плюгавой наружностью. Выглядел так, будто его купили на "eBay", на распродаже. Зато теперь он навеки у меня в памяти, как клоун в джинсах со стрелками, который водит дружбу с мягким утенком. Лактионова, надеюсь, у тебя ярче личная жизнь.

— Куда уж мне угнаться.

— Ой, у меня еще одна кромешная любовь приключилась. Приходит в Facebook недавно уведомление: хочет дружить мужчина Славик, ничего такой с первого взгляда. Полтора метра тестостерона и амбиций — со второго. Сходу предложил покатать на своем осле. Эдакое телкообразующее предприятие с претензией на IPO. Захожу в его альбомы: Ницца, Сен-Тропе, Геленджик. И везде тачки, тачки, тачки, и главный герой у левой фары. На одной из машин номерной знак ЖЕРЕБЕЦ. Наверное ДОМИНАНТНЫЙ САМЕЦ не поместилось. Как же он, думаю, по Геленджику на спорткаре? Сложная судьба у человека.

— Бедняга. Он решил примерить на тебя титул королевы баклажановой "шестерки" и музы неоновой подсветки. Надо брать, я считаю!

— Ну да, и получилась бы не "Блудливая Калифорния" с Хэнком Муди, а "Манящий Геленджик" и краснорожий Вячеслав Гаврилович с желанием овладеть всеми или хоть кем-нибудь.

— Ну у тебя и фантазия, Варецкая!

— Это правда. Фантазию и мой такой нехитрый быт не каждый выдержит. Марусь, я поняла!

— Что ты поняла?

— Этот "полиэтиленовый", прости господи, похож на Вуди Вудпекера!

— На дятла из мультфильма что ли? Который ржал каждый раз, как бяку сделал?

— Именно, да! На него! Внешне так точно. Как же все-таки хорошо, что я сбежала, – сказала Рада. А потом повторила смех дятла Вуди. – Вообще тут если приглядеться – сплошной цирк на дроте. В моем подъезде у одного из соседей фамилия Ковальски. Так на почтовом ящике написано. Я думаю, что это пингвин из "Мадагаскара". А соседка моя по квартире похожа внешне на страшную престрашную Шарлоту из "Секса и города". Ну, то есть, как похожа. Женщина неопределенного возраста после тридцати с лицом гасконца. Ей бы тазом гульнуть, моей рыбке пухнастой. Или еще чего, в погублятельные отношения ввязаться. Так, чтоб нижняя чакра в тонусе была, от чего верхняя чарка сразу улыбаться начинает просто так каждый день. Зовут Нинель. Я про себя зову ее Нина. Иногда полным именем

– Свинина. А если ласково – Свинелька.

– Интересненько. Подожди, Нинель – это Ленин в обратную читается.

– Ага. Есть еще знакомый у меня тут, он родом с Филиппин. Зовут Юрий. Назвали в честь Гагарина. Может их познакомить?

– Юра и Свинина. Может она еще и по-русски понимает?

– А я-то ее Свининой зову и вслух. Если честно, надо проверить.

– Да теперь-то уж что, – ржала Маруся.

– А и правда. Недавно я ей чуть не накостыляла за кривую мину, когда она отказывалась понимать, что Украина и Россия это как бы не совсем одна и та же страна, хоть бы даже и географически. Так она потом минут двадцать извинялась и расшаркивалась. Теперь эта сучка вроде моя подруга. Сама она родом из Болгарии.

– Вот у нее, наверное, кавардак полный, когда ей кто-то кивает: "Да-да, пойдем пить кофе", или машет головой: "Нет, уже пила кофе". У них, у болгарок, кивки эти совершенно противоположные.

– Я не замечала. Хотя любезность запросто может быть банально от недопонимания. Вообще она забавная, хоть и слегка несчастная.

– В смысле?

– Тот, у кого глаза на лице, на такую кривляку даже не плюнет. Еще и странные вопросы задает. Увидела, что я зеваю, и говорит: "С тобой все хорошо?" Думает, что у нее нет смартфона, хотя пользуется BlackBerry. Говорит: "Разве ж это смартфон?" А на днях кричит мне из холодильника: "Хочешь икеевской картошки с брокколи?"

– Какой-какой?! – переспросила Лактионова.

— Ты прям точь-в-точь угадала мои слова! Я так тоже и говорю: "Какой-какой картошки?" — а сама вспоминаю, куда положила лобзик и шуруповерт. "Картошки с брокколи..." — спокойно повторила та, и достала из морозилки полуфабрикат с надписью "Икея".

— А ты?

— Спасибо, отказалась. Это ж "Икея". Не так прожую, потом всю ночь пережевывать, а шуруповерт, вон из головы, не помню где!

— Варецкая, я не пойму, а чего ты вообще с соседкой живешь? На кой она тебе сдалась?

— Потому что, дорогая моя, два вагона бенджаменов я вбухала на развитие своего американского бизнеса. А вот на пентхаус временно не осталось. А ты думала, как оно у меня обычно бывает: собираю кукурузу в поле и вдруг мимо проезжает влиятельный человек и швыряет в меня многомиллионным контрактом?

— Тьфу-тьфу, стучу по дереву, чтоб так оно и было. Все, буду я спать. А тебе хорошего дня.

— Целую голову.

И Рада сосредоточилась на работе. Но телефон снова зазвонил, на этот раз незнакомым номером.

— Але, але, здрасьте! Это вы ковер продаете?

— Вы ошиблись номером, — ответила Варецкая и вернулась к плану.

Через пару минут телефон зазвонил снова

— Але, але, здрасьте! Это вы ковер продаете? Я вот по какому вопросу... — но голос не успел договорить.

— Вы ошиблись номером. Это снова я, — вежливо ответила Рада, не понимая как вообще можно дважды ошибиться номером мобильного телефона.

— Ой, простите, — пролюбезничал мужской голос и

отключился.

Еще через пару минут Рада, не глядя на экран телефона, уже знала: да, это опять он — неизвестный покупатель ковра.

— Але? Але? Вы ковер продаете?

— Нет.

— Здрасьте, пожалуйста, мать его! Это снова вы? — кричал голос в трубку.

— Это снова я. И ковра у меня по-прежнему нет.

— Милая, а зачем вы снимаете трубку? Я же не вам звоню. А по поводу ковра. Мне нужен ковер. И вообще, куда я попал?

— А куда вы целились?

— До свиданья!

Еще через пять минут, когда настойчивый звонок телефона продолжал хотеть ковер, Рада решила, что будет продавать ковер. Ну, раз человеку нужно, значит надо выручить.

— Але! Але! Я по поводу ковра. По объявлению! Я туда попал?

— Да, туда попали, слушаю вас.

— Прекрасно! — голос видимо не заметил разницы. — А то в Белый Дом проще дозвониться. Жаль, что они не продают ковер. Я бы взял. Мне как раз надо!

— Так что по поводу ковра? Брать будете? — Варецкая побыстрей хотела закончить этот разговор.

— Подождите. У меня вопросик имеется, — мужской голос перешел в любезную тональность. — А состав ковра какой? Синтетика?

Варецкая пощупала свою шерстяную кофту.

— Да вроде по ощущениям нет. Хотя кто его знает.

— Ага… — многозначительно произнес голос.

Рада прям представила, что человек на проводе сделал какую-то архиважную пометку в старой растрепанной амбарной книге, будучи где-то в Одессе на углу Дерибасовской и Преображенской.

— Надо бы выяснить состав. А поджечь кусочек ворса не хотите? Если опалится — значит синтетика, а если поросенком жареным запахнет — шерсть.

— Вы знаете, я конечно могу. Но все же не настолько гурман, чтоб жареного поросенка в ковре нюхать.

— Милочка, мне очень нужен этот ковер. Давайте решим и не будем тянуть кота за все подробности. А то на сына надежды никакой. Говорит, папа, не позорь меня! Я известный человек, а ты занудствуешь со своим ковром. Я могу купить тебе хоть пять ковров!

— Купил?

— В том-то и дело. Чтоб да так нет! Вырастил на свою голову сперматозоида. Какие-то эти ваши интернеты-шминтернеты. Что это за работа для мужчины! А папа все сам, все сам.

— А чем занимается ваш сын, позвольте полюбопытствовать?

— Какой-то у него дневник, то ли журнал, то ли еще какая ересь. За графоманию нынче платят оказывается. Тоже мне слава! А отец без ковра мерзнет, соседям снизу шагами своими твердыми мешает.

— Ладно. Ждите, — сказала Рада, думая как бы отделаться от покупателя несуществующего ковра. А то ситуация прям "Людмила Добрый Вечер". — Вы еще здесь?

— А где ж мне быть? Хотя лично я бы сейчас не прочь оказаться под пальмой.

— Так вот, докладываю. Если это поросенок, то бедняга очень плохо жил, — сочиняла она на ходу.

— Синтетика значит. Вот не везет так не везет. Американцы, мать их за яйца, понаделают говна в этом своем Китае. Выкиньте его к чертовой бабушке, не полезно это по синтетике ходить.

— Обязательно, — пообещала Рада.

— Еще минутку вашего времени займу, не более.

— Чего уж там. Давайте две.

— А вы часом другого ничего не продаете? Я бы приобрел оленьи рога. Для себя. Дорого.

Рада еле сдержалась, чтобы не заржать прямо в трубку.

— Для себя-то зачем? Пусть у вас все будет хорошо.

— Ааа, я не в том смысле, — хмыкнул голос. — Спасибо, милочка, — и отключился.

Ни Рада, ни голос из телефона почему-то даже не удивились, что говорили на русском языке про ковер с ароматом поросенка, находясь при этом в Нью-Йорке. Ведь код номера странного покупателя определялся именно этим городом. Очень интересный персонаж. Чтобы в Америке в наши дни кто-то так настойчиво искал себе ковер по объявлениям… Любопытно это очень.

Парадокс. Еще каких-то тридцать-сорок лет назад гордо говорили: "Чтоб все как у людей, как у всех". Теперь говорят: "Главное, чтобы не как у всех". А по факту? У каждого есть двухкамерный холодильник, телефон с сенсорным экраном и желание иметь хорошую немецкую машину, чтоб как у людей. А еще все боятся сглазов и наговоров, но при этом хотят жить так, чтобы остальные вокруг, сука, обзавидовались.

Вот дела — ковер. Чиновники в Facebook наяривают. А тут ковер. Однако, когда слышишь как какой-то чиновник написал что-нибудь эдакое на своей социальной странице, то сразу же представляется Степанзахарыч, в костюме фасона "в положении". Он откинулся в кресле, задумчиво закатил глаза в потолок, вытер вечную испарину и нажал на кнопку громкой связи: "Леночка, зайдите ко мне".

Заходит Леночка.

"Берите ручку, бумагу. Пометьте там — сегодня пишем в Facebook", — устало извергает из себя Степанзахарыч, потому что по гороскопу он фуфайка, и надиктовывает.

А Леночка, утомленная собственной значимостью, мысленно посылает его на сто сорок знаков, пока распечатывает документ для сверки, корректуры, подписи и мокрой печати.

Социальная карта киевлянина — аккаунт в Facebook с подпиской на главных действующих лиц укрнета, за которых в основном придумывает, пишет, печатает и постит Леночка. Хотя сама она предпочитает ВКонтакте и фразы "Меня легко потерять, трудно вернуть и невозможно забыть" или "Бывшим надо желать удачи, так как счастье они уже просрали..." И шутит такими же шутками: "Если вы не умеете снимать стресс — не надевайте его". В свободное время Леночка копит на новый ежегодный планшет, техническое устройство, удобное своим дизайном, легкостью и портативностью, которое просто незаменимо для выполнения очень срочного задания и оперативной реакции: игры в "Ферму". А Степанзахарыч, дабы соответствовать времени, в якобы легкой и непринужденной манере повествования сообщает миру о личном участии в подготовке законопроекта о национальной модернизации, чтобы шлюхи стояли исключительно на плазменных панелях и вещали только с качеством HD, в билингви-стическом украинско-русском национальном стандарте шестнадцать к девяти в пользу национального языка.

В почте крякнула дюжина писем. Может это конечно странность, но письма, которые начинаются со слов: "Здравствуйте, София", Рада почему-то не читала и сразу отправляла в корзину. В другом письме уже без обращения по имени, было приглашение на мероприятие. Рассылка от киевских пиарщиков в стиле взбесившаяся плесень.

"Ночной зимний гольф с шампанским и людьми в белых одеждах".

Первая строчка пресс-релиза гласила:

"Станьте свидетелями и участниками потрясающей азартной игры самых отчаянных гольфистов!"

"Обнять и плакать. Азартней и отчаянней только игроки в крикет".

Ниже светился рекламный информационный банер:

"Нападение на мэра города на юге Филиппин".

"М-да... Вот что значит не знать человека в лицо", – подумала Варецкая.

Третье письмо называлось

"Дандре Ман презентовал победительнице проекта 'Музыкальная глотка страны-5' два романтических платья".

"Господи, вот это новость! Ярче только пиджаки у Баскова! Где осиновый кол и чеснок? Костер жечь и соус готовить".

А в теле письма:

"Певица очень рада сотрудничеству с мэтром fashion-индустрии и очень благодарна ему за поддержку. Первое платье будет красного цвета, из коллекции Дандре Мана 'Восхождение на Олимп'. По словам певицы, красное платье станет для нее талисманом, и именно в нем, она уверенна, ее новая песня 'Любовная любовь' зазвучит особенно пронзительно".

Еще одно новостное творение гласило:

"Певица вместе с мужем назвали своих первенцев Мирабелла и Арабелла".

"Что ж, сына потом можно назвать Кваки. Или забацать еще одну девочку и назвать ее Изабелла. Дабы новоиспеченная мамаша вылазила в окно и орала: "Мирабелла, Арабелла, Изабелла, домой!" К слову, белорусские конфеты "Мирабелла" и "Арабелла", чернослив и курага в шоколадной глазури, очень даже ничего. А к Изабелла так и просится добавить: Мир штор "Изабелла" на Ярославской десять, строение четыре. Большой выбор, доставка, разумная цена. Мир штор "Изабелла". Больше, чем просто шторы. Еще и утюг".

Украинская земля богата талантами. Это неоспоримый факт. Что правда заворачивают таланты очень часто не в ту упаковку.

В пятой новости про очередного певца:

"Его стиль, вокальная манера и тембр соответствуют самым высоким мировым музыкальным критериям".

"Значит, мужчина, вы, да да, вот вы. У вас есть микрофон? Отлично. А ну-ка спойте. Баритон значит.

Прекрасно. Вы подходите. Так, теперь вы. Я к вам обращаюсь, который чихает фальцетом. Попробуйте спеть. Нет. Что-то не то, увы. Уж очень вы неестественно жуете бубен в ми миноре. Ой, нет нет и нет. У вас же ни слуха ни пениса".

То есть, кто-то сидел, сочинял рулон букв, расставляя их в нужной последовательности, думал над концепцией продвижения и что это все значит, как плясать дальше, ходил взад-вперед, мучимый потугами текстовых вибраций в голове. Не шло. Катастрофа! Тысяча чертей! Как, ну как написать новость про велюровое платье, чтобы никто не догадался о масонах? Конечно, да, все именно так и было. Мэтью, а напиши что-то для пресс-релиза, ладно? Мэтью услышал задание. Лень и наглость в сочетании дают превосходный эффект. И пухнастая рыбка Мэтью, по паспорту Миша, включил режим "Фуфлоназин", и дурне поїхало в турне. Так получилось то, что не должно было. Тот случай, когда плохо все. Иногда лучше не сделать и не пожалеть.

В шестом новостном письме во вложении были еще и фотографии. Съезд какой-то партии на Софийской площади Киева. Уличная инсталляция, студенты, завернутые в прапор, попы, усаженные в порядке увеличения креста на пузе. "Внимание. Сделайте умные лица. Я на вас фотоохоту начинаю". Для пущего эффекта не хватало Мерлина Мэнсона, а потом откусить голову какому-нибудь домашнему животному и запить церковным кагором за принятие бюджета на следующий год. Залпом, до дна, не чокаясь.

Следующая новость была про очередную украинскую премию, вроде "Гербалайф":

"Статуэтки вручали люди, одетые в моноцветные костюмы".

"Ай-яй-яй, какие немодные. Да еще и в бабочках на босу ногу, небось. О, и видео репортаж с мероприятия. Посмотрим... Нет, можно понять: кто-то с кем-то переспал, кто-то кому-то может жизнь спас, или в ягодицы целовал долго и уверенно. И профильное образование сегодня ничего не решает. Но как, как можно было в эфир посадить мальчика, который шепелявит! У него же во рту происходит что-то загадочное. Да он же языком слюни в масло взбивает, пока фразу говорит! Прости господи журналист берет ой ли интервью. Опросник Марселя Пруста? Не, не слышали. Метроном? А что это. Безусловно, умение творить языком такое похвально для мужчины, но не для эфира уж точно".

Письмо под номером восемь приглашало на премьерный показ украинского психологического триллера "Зеленая кофта". По неймингу – это сразу Каннский лев. Из описания о фильме:

"События триллера вращаются вокруг исчезновения маленького мальчика. Когда милиция закрывает дело, так и не раскрыв его, старшая сестра мальчика решает взять дело в руки и найти брата сама. У нее даже есть подозрения на счет того, кто убийца, кому нужно отомстить. Теперь дело за малым, уловить случай и наказать виновного весьма жестокими методами".

"Любопытно, появится ли в киноленте Черный плащ. Ведь согласно песне, "только свистни – он появится". Кому милиционер покажет Электрический чайник. И как отреагирует прокуратура на купание Красного коня под административным зданием. Что хранится у дворника в

Синей бороде. Как это все связано с сиквелом Белый Бим (часть первая) Черное ухо (часть вторая). Куда полетит Мохнатый шмель. И что скажет Душистый хмель. Узнает ли зритель загримированного дитя заката Розового фламинго. И наконец, чем закончится главная интрига картины: на кого же на кого в качестве вендетты старшая сестра оденет... па-ба-ба-ба-а-ам!.. зеленую кофту?! Звук за кадром: хлопает дверь, свистит ветер, зеленая кофта висит на люстре".

Дата премьеры "Зеленой кофты" назначена на пятницу тринадцатое. Даже специально премьерный день четверг сместили по такому случаю. Если очень страшно, можно сразу отрезать себе ногу, как в фильме "Пила" и тогда в пятницу тринадцатого непременно повезет. Как минимум не пойти в этот день в кино.

А того, кто придумал и запустил в печать новый журнал для терзания читателей, хотелось треснуть по голове его же творением. Глазам было больно. Смысл страдал от невостребованности. Поскольку появился новый глянец – женский журнал про котов и цветы. То есть очередная салфетка под селедку – новость в девятом письме.

"По словам главного редактора журнала О. Жоги, издание ставит перед собой главную задачу: помочь читательницам понять потребности и ожидания своих любимых цветов и котов".

"О, Боже. Тут была даже не трава, а обычная паленая водка. Почему О. Жоге не купили просто салон красоты? Впрочем, хватило бы и маникюрного набора со стразиками".

По словам все той же главной редактурщицы:

"Когда мы работали над первым номером журнала 'Цветы, коты и ты', узнали много нового. Например, кое-кто впервые узнал, что инжир – это тоже фикус. А информация о том, что шоколад для кота может быть смертельным, вообще стала шоком!"

Было реально жалко лес.

В десятом письме каким-то образом оказалась рассылка вакансий, с кратким описанием работы и знаком "горящая".

"Главный редактор журнала/Руководитель проекта. Требования к кандидату: готовность работать бесплатно и выполнять неадекватные требования приветствуется".

"Продайте, пожалуйста, татуировку белокочанной капусте и напишите опус о тазобедренном оливье. Это будет тестовое задание. Чего говорите? Только долото золотом вышивать можете? Чтобы не все то долото, что блестит? Умно, находчиво. И кита коровами фаршировать? Ну, хотя бы стогу сена косы заплести сможете? Спасибо, мы вам перезвоним".

Случайно прорвался спам.

"Рада, специально для вас только сегодня. Безопасное и быстрое увеличение пениса".

"На что ориентировалась в данном случае контекстная реклама, присылая подобное, остается загадкой".

И, напоследок, порадовало дюжинное (и в значении заурядный, и от слова дюжина) письмо.

"Долгожданный трехчасовой мастер-класс по бровям".

"Если принцесса жопорукой уродилась – пожалуйте научиться макияжу и стрижке волос на лице. Полезно, и может синие тени искоренятся, кто знает. Но что можно делать с бровями три часа?! Девочки, брови должны быть вот такой длины, ширины, формы. А теперь разбиваемся на пары. Эльвира Никаноровна, вы щипаете брови Леночке, потом наоборот. А через три часа мы пьем красное вино и плачем. Потому что первый блин комом… комом встал в горле у Леночки. Ничего, милая моя, через месяц отрастут. Всем спасибо за мастер-класс. В следующий раз учимся красить ногти правой руки красным лаком. Оплатившим сразу за два дня 'Искусство наложения лака' – пинцет для бровей в подарок".

Чего скрывать, Рада любила позанудствовать, однако все равно не отписывалась от рассылок. Так, она держала себя в тонусе, воспринимая подобное в качестве "Вредных советов". И вообще, добровольно отказаться от аляповатых шуток? Ну уж дудки! Варецкая хохотала от всей этой дуристики так, что аж икать начала. А потом уже смеялась от икания, от чего еще больше икала.

К тому времени дождь успел закончиться и в окне офиса MilkOfPR, среди затянутого мутного тучного неба появилась дырка, из которой шибануло закатное солнце. Совершенно магическое зрелище. Когда же Рада дописала главные пункты плана, пытаясь не упустить ни одной детали проекта, давно успело стемнеть. А после продолжительной работы луна, которая теперь виднелась из окна, была похожа на подмигивающий смайл.

ТОЛЬКО БЫСТРО

Р ада встретилась с Константином Дуровым в Цюрихе, куда тот переехал жить несколько лет назад, тоже из Киева. Дуров являлся другом больше на Facebook. В реальности был скорей приятель, если уж начинать обозначать социальные роли. Приятель, о жизни которого знаешь больше, чем о ком бы то ни было. Очень активный пользователь Facebook с полным набором: и фото, и тексты, и чекины. В принципе можно было даже не звонить и тем более не встречаться. Вся его жизнь была открыта для общественности, начиная от вида из окна на рассвете и заканчивая извержениями сознания, понятными только ему самому. Можно конечно подумать, что таким нехитрым образом он выражается по примеру Виктора Гюго, когда тот отправил своему издателю рукопись романа и сопроводительное письмо с одним знаком – вопросительным. На что в ответ получил знак восклицания, дескать, отличная книга получилась. Краткость – сестра таланта. Хотя, когда время поста в Facebook два часа ночи или семь коктейлей "Ебанитка" – просто сестра. Тем не менее, Дуров в свои тридцать четыре имел не только сотни тысяч подписчиков, что, в общем-то, слава сомнительная. Он давно и успешно создавал человеческие бренды и был за любого рода гамбит.

Все-таки технологии не могут заменить личного общения, когда плохо видна мимика и жесты в видео связи. Есть вещи, которые незаменимы. Хотя по сути своей это вовсе и не вещи, а впечатления. Особенно, когда дело касается проекта Пол Паркет. Поэтому Рада и Константин прогуливались по парку в центре Цюриха и обсуждали детали.

– Суть проекта я понял. Как думаешь разгонять? – спросил Дуров.

– Наши же украинские журналисты и пиарщики помогут в продвижении Паши, причем совершенно забесплатно, – ответила Рада.

– С чего бы это?

– А мне очередная рассылка на почту поприходила. И это, понимаешь, Новости! С большой буквы Нэ. Ты улавливаешь мой сарказм?

– Пока не очень.

– Это гребаный стыд, а не тексты. Как говорил Хемингуэй: "Если можешь не писать – не пиши!"

– Он это написал.

– Естественно. Потому что мог себе это позволить. Но

кто ж старика вспоминает. Зато есть "Союзпечаль" журналисты, которые не проверяют информацию и даже не пытаются докопаться до первоисточника. А если от главреда "Ухо Киева" стоит задача сделать обычный рерайт с одного ресурса для другого, так и подавно ни о какой сверке и речи не идет, тем более за такую зарплату. В принципе, я их понимаю. Некоторые журналисты так ленивы, что когда я им отправляю пресс-релиз, они перепечатывают его слово в слово. Точней просто делают копипаст, настолько это стыдно.

— Меньше качества, больше количества — вот их девиз сегодня, — вставил Дуров.

— Помимо этого, существуют ресурсы, которые заведомо публикуют дезинформацию. Прикалываются таким вот нехитрым способом, монетизируя трафик. Некоторые открыто заявляют о себе как о шуточном медиа, и одним движением Google это можно выяснить. Есть такие ресурсы, которые, будучи как бы серьезными, попросту троллят аудиторию. А та в свою очередь делает репост в социальные сети, и это распространяется со скоростью вируса. Кто был неправ и что делать — разбираются потом долго и нудно, да и не всегда. Но факт остается фактом. Серьезные СМИ с болваном-редактором уже перепостили, и пока выяснят, что это неправда, пока сделают опровержение, пускай даже в онлайн-версии — пройдет время. И то, не каждый выяснять будет. Ну просмотрели невероятную нелепицу пару сонет тысяч людей. Не беда. Зато трафика нагнали на лабуду. Читателям весело. А вот те новости, которые вроде имеют место быть, репостятся и делают свое влияние. Более того, это же чистая психология, которая наглядно работает в медиа пространстве. При поступлении противоречивой информации, проверить которую не можем, мы склонны отдавать предпочтение той, которая поступила первой. При поступлении непротиворечивой информации, мы отдаем предпочтение той, что поступила последней. При этом она рассматривается как уточняющая. В обоих случаях информация распространяется и оседает на подкорке. По принципу кто первый встал, того и тапки. И таких "тапок" накапливается как снежный ком. СМИ же не делают ошибки. Они делают апдейты. Новости о новостях.

— А если самые придирчивые проверять будут? Я имею в виду читатели. Думающих головой довольно много, — сказал Дуров

— Ой, я тебя прошу. Думающих тачпадом гораздо больше. Ты когда читаешь новости на местном ресурсе, лезешь в поисковик уточнять, где еще вышла данная статья? А потом, даже если находишь первоисточник, сверяешь рерайт, и уж тем более переводной?

— Нет конечно. Я что, дурак?

— Я ответила на твой вопрос? Такова котельная новостей. Дуров, есть такая фраза замечательная. Не помню, кстати, кто первоисточник. Что только под-тверждает ее суть. "Качественно распространяем слухи. Источник забудется, а впечатление останется". Никто даже не пытается проверять слухи. А лишь публикуют слухи или пишут слухи о слухах. В первую очередь нужно что? Правильно, зацепить внимание. Пускай даже противоречивой информацией. Я бы даже сказала особенно противоречивой, ведь блогеры и онлайн медиа на этом как раз и зарабатывают: на резонансе. А резонанс вызывает дополнительные клики, обсуждения, репосты. С вниманием приходит слава и соответственно доход.

Главное – дать им то, что они хотят. Задрапировать информацию, основываясь на скандале, конфликте, тривиальности, щекотании воображения и догматизме. И подать в провокационном ключе. Все что угодно, что обеспечит разгон по ресурсам.

– И как ты собираешься опубликовать новость в авторитетном медиа о неизвестном по сути человеке по имени Пол Паркет?

– С помощью тех блогов, которыми "питаются" большие медиа. Все журналисты находятся в перманентном поиске тем. Чтобы понять, как работает онлайн пресса сегодня, достаточно посмотреть на медиа гигантов. В конце каждой истории, каждой новости, каждого текста как правило стоит линк источника, с которого взята информация. Это блогеры информируют блогеров, которые информируют блогеров, и так далее. Продавать им нужно то, что они потом смогут продать своим читателям. И чем злее статья делает читателя, тем лучше. Но "счастье" тоже работает. Я все к чему. Лапушки-журналисты сами сделают репост и рерайт наших новостей. Еще, кстати, они редко что-то получают непосредственно от читателей. Поэтому если им в почтовый ящик, естественно с левых имейлов, приходит несколько писем подряд с коллекцией ссылок и подписью что-то вроде: "Как это вы еще не написали ничего на эту тему?" – это уже сигнал к действию.

Рада сделала паузу и задумалась.

– Хотя возможно, что даже с разгоном по СМИ сильно заморачиваться не придется. У каждого есть Facebook. Киевская онлайн тусовка – это вообще отдельное явление, где каждый мнит себя экспертом в области чего бы то ни было и лидером мнения. Даже центральные телеканалы позволяют себе ссылаться не на авторитетные источники, а на пост на странице Facebook какого-то человека. По типу: "Сегодня произошло что-то ужасное на улице Койкого, как пишет на своей странице сознательный гражданин Геннадий.   По его показаниям он просто вышел в магазин за хлебушком, а стал очевидцем неблагодарного дерьма". Что и говорить! В социальных сетях нет редакторов, никто не проверяет факты да и не особо заморачивается, если выясняется, что перепостил фейк. Только онлайн журналистика сегодня работает по такому же точно принципу. Нужный вброс в соцсетях, разгон и понеслась. А все почему? Восемьдесят девять процентов журналистов черпают темы из блогов и пишут статьи, основываясь на потоке френдленты, хэштегах и сделанных как под копирку ресурсов. Профессиональная журналистика — это такая большая бойлерная комната. Давать нужно ту информацию, что быстро "нагреется" и распространится, а не ту, которая качественна и хороша. Посыл предельно прост — самый лучший способ для них получить трафик это публиковать как можно больше, быстро насколько только возможно, и чем проще, тем лучше. Сенсация, экстремизм, секс, скандал, ненависть. Любой медиа манипулятор знает, что медиа знают — именно это продается. Значит, мы им это и будем продавать. Если бренд по настоящему существует, значит и истории о нем правдивые. Если история настоящая, значит и факты в ней тоже. Соответственно, если тема истории настоящая, неподдельная, значит то, что о ней говорят люди — тоже правда. Пол Паркет у нас настоящий. А то, что вещи его нет — так это не суть важно. Мир скучен, а новости захватывающи. В этом состоит парадокс современной жизни. Так что если увидишь где-нибудь в новостях "Согласно нашему источнику", знай, это кто-то такой же как я немножечко манипулятивным путем заставил кого нужно добровольно написать что требовалось.

— Ладно. С этим все более или менее понятно. Новый тип сарафанного радио сегодня – социальные сети. И это рулит.

— Верней, этим рулят.

— Данный человек не нуждается в представлении. Итак, у нас в гостях Иван Иваныч Иванов. Здравствуйте.

— Бессмыслица формулировки, именно! Суть ты понял. Ну, а в самом крайне случае, есть План Б. В Украине слава богу рыночная экономика. Только в Киеве вон одних рынков ого-го сколько. Шучу. Заангажируем четвертую древнюю. Подкуп.

— Фу как банально.

— Факт: люди сделают все что угодно за деньги. А за несколько сотен/тысяч сверху разнесут информацию по сети. Впрочем, ничего не мешает, а очень даже способствует Плану А и Б сосуществовать одновременно.

— А по поводу самих шмоток. Думаешь, не отличат?

— В Украине есть два персонажа, которые все знают: это еж и мужской репродуктивный орган из трех букв. Ты вот, к примеру, отличишь новую переделанную вещь от оригинального бренда?

— Зависит от многих факторов. Покрой, фирменный стиль, лекала.

— То есть нет?

— Вот именно. Рада, можно подумать ты их можешь отличить.

— Естественно нет. Даже не знаю, кто может. Историки моды, те, кто заняты в производстве швов и прочие заинтересованные? А если бренд не настолько известен, то тем более вряд ли. И вообще, кто сказал, что вещи из секонд хенда обязательно будут каких-то сильно известных марок. Что думаешь?

— Сама идея притянет, если она стоящая, — скептически сказал Дуров.

— Кость, само собой только пукать получается. Для остального нужно немного усилий. Впрочем, ты прав. Все начинается с идеи, а их есть у меня, — сказала Рада.

— И еще. Мне важен не только результат и конечная точка, и что будет потом и куда это все приведет. Мне крайне важен сам процесс. Лишь бы он не стал сплошной нервотрепкой. Чтобы модельер в итоге не получился как в том анекдоте: "Во-первых меня укачивает, а во-вторых после меня же все равно переделывать надо".

— Думаю, твое только участие в этом проекте — это гарантировано к безысходному успеху, — Рада поставила Дурову ласковый засос в области профессионализма.

— Мне чрезвычайно приятно, как ты меня только что вылизала. Прогиб засчитан.

— Модельер принимает в проекте самое что ни на есть активное участие, а не просто говорящая рожа. И он конечно же будет паинькой и подарит тебе в итоге свою золотую именную пуговицу в полный рост, — улыбнулась Рада.

— Я уже польщен.

— Сделаешь?

— Из любой Тани Овсиенко с "Дальнобойщиком" можно сотворить "Гага у-ла-ла", если добавить жестяных банок в волосы, мяса в наряд и озорной взгляд. Оператора синтезаторной установки превратить в модного клавишника, а художественного секретаря в арт-директора.

Можно быть кем угодно. Достаточно только захотеть и ты им становишься. Когда сам поверишь — кто угодно поверит.

Дуров разглядывал фотографии Пола Паркета.

— Я конечно не стилист, но с выражением лица надо что-то делать. Хотя мне нравится, что у него в глазах печаль всего мира. Это сразу такой флер для модной среды. В принципе, поработать с ним, конечно, немного придется. Не так, чтобы плуньк и все, а хотя бы какое-то время на подготовку. Чтобы он сам в собственную легенду поверил. Чтоб даже сам себя захотел, отражаясь в зеркале. И поведение было соответствующим.

— Конечно, дорогой. Сколько угодно. В данном случае ты говоришь — я исполняю. Так что, продюсер Валентин, включай свой креативный комбайн, а не машину случайных историй из серии намешали, понравилось, давайте — оригинально.

— Рада, почему ты решила именно модельера из него сделать, а не, скажем, рэпера. Очень популярно сейчас.

— О, и назвала бы этот гангста ансамбль "Володар Буряків". Истории обычных парней из темных кварталов. Потому что у нас любой квартал, чем дальше от центра города, тем темней — меньше фонарей. Я уже молчу про село, где каждый третий гангстер в детстве ловил поросят летом у бабушки, аккурат после того, как гуси у бабуси — один серый, другой белый — принимали теплые ванны в супе. Для меня русскоязычные рэперы звучат так же естественно, как если бы Эминем надел кокошник и сыграл на ложках. Хотя в любом правиле есть исключение. В остальном хохочу, ибо гангста как белорусское аниме. И где оно?

Прости мама, мне все пабарабану.
Я переходил улицу в не положенном месте,
Съел сосиску в тесте,
С беляшом если — тесно им вместе.

Сплошное Пффф Дэдди. Да и в рамках данной авантюры рэпер не катит. Что будут покупать, диски его? Ага, щас!

— В общем и целом согласен, — сказал Дуров и замолчал.

Но молчания его хватило ненадолго, а потому добавил:

— Вот вы конечно женщины. Понарожаете сами себя. Ни фаллоса, ни совести. А туда же, авантюры, свободу попугаям... Замуж тебе надо. И детей. Вот тебе мое важное дружеское напутствие. А вот это все — зачем оно тебе...

— Дуров, из тебя советчик как из говна пуля. Замуж и детей мне недосуг. Я сегодня это все уже не успею. А пока насущная схема проста: деньги, слава, власть. Тебе надо — вот сам и женись!

— Ты не представляешь, как проходят мои дни. С понедельника по пятницу я дико, просто катастрофически занят. А в выходные пытаюсь найти с кем потрахаться.

— Очередные нескладушечки?

— Да это чудовищно. Швейцария не настолько яркая страна, чтоб жить в ней без женщин. Именно к такому выводу я пришел, когда стесал в поисках единственной не одну пару кед. Хотя тут в целом не просто. Скоро Рождество, а у меня скорей всего гирлянд в этот раз не будет.

— Это еще почему?

— А я разве не рассказывал эту историю?

— Нет.

— У людей тут трудности с общением в принципе. Представь, в прошлом году я украсил свой арендованный дом под Цюрихом гирляндами. Не так чтобы сильный свет от них был. Подумаешь, слегка праздником мигали. Только второго января ко мне постучался представитель органов порядка с вежливым наставлением убрать освещение. Я аж поперхнулся, узнав, в чем причина подобной просьбы. Оказывается соседям слишком ярко!

— Пресвятые бубенчики!

— И вместо того, чтобы прийти ко мне и поговорить нормально, они позвонили и нажаловались, будто я им в бассейн нагадил, а не снял гирлянды. И это второго-то января!

— Что ж, укрась дом и не забудь снять освещение сразу после Нового года.

— А как же Старый Новый год, а потом еще Крещение? Я лично всегда выбрасываю елку и возвращаюсь к жизни по расписанию после девятнадцатого января. Лучше обойдусь без внешних признаков зимнего волшебства. Тут со светом и звуком вечные жалобы. К примеру, в воскресенье нельзя много чего делать: мыть свой автомобиль, косить лужайку...

— Про лужайку я согласна. В воскресный день какая-то зараза будит гулом газонокосилки? Я бы тоже накляузничала.

— А как насчет расписания, только согласно которому, а не когда вздумается, ты можешь стирать вещи в прачечной своего дома? А запрет смывать в туалете после двадцати двух ноль-ноль?

— Совсем?

— Если не шумно, то конечно завсегда пожалуйста. Но ты где-то видела бесшумные унитазы? То-то же!

— Дуров, становится страшно за живущих в стране миллионеров.

— Еще одну историю тебе расскажу про счастливую шизофреническую Швейцарию. Значит, пересаживали-пересаживали людей на общественный транспорт, подняли очень высоко цены на такси и бензин. Ну, народ — законопослушный, взял да и пересел на общественный транспорт, поезда в основном. А теперь у правительства Швейцарии другая проблема — слишком уж много людей стали ездить на электричках. Решений видится два: покупать дополнительные поезда, строить новые железные дороги, тоннели и прочие дорогостоящие мероприятия проводить. Или просто поднять цены на проезд, чтобы отхлынул поток желающих.

— Что тебе мешает переехать?

— Я считаю, дети должны расти в Европе. Конечно, когда они у меня появятся, и я в первый и, надеюсь, последний раз буду женат.

— Дети должны расти в любви. Что бы там не писали в гороскопах на mail.ru.

— О! В любви и загвоздка. С бытовухой разобраться можно.

— Попробуй общение оптом.

— Это как?

— В социальных сетях. Выбор женских особей побольше будет.

— Я прошу прощения за грубость и заранее. Но история о том, что мы познакомились, когда я случайно лайкнул фото девушки, а потом закрутилось и она родила мне очаровательных двойняшек меня не прельщает. Я в каком-то смысле ретроград. И чувствовать запах на Facebook несколько проблематично.

— А какая хорошая была задумка: соединить и познакомить всех людей мира, да?

— Обалдеть и сдохнуть! Пойду посмеюсь, отдышусь и снова поржу, – сказал Дуров с серьезным лицом. – Тем более, я временно заблокирован в Facebook. Оказывается, шлю-шлю всем порно, никто не благодарит, а даже наоборот.

— Спам?

— Ну почему же сразу спам? – улыбнулся тот. – Может я просветительской работой занялся: отправляю видео уроки.

— Мне тоже вроде приходило. И, судя по скриншоту ролика, счастливый конец там конечно сомнительный. Дуров, это очень странный способ обаять собеседника.

— Но что толку… Аккаунт мой все еще взломан.

— В таком случае вернемся к нашим баранам. Завтра лечу во Францию и буду говорить со спонсором проекта. Я на тебя рассчитываю?

— Не знаю, Варецкая. Мне нужно подумать… Со спонсором же пока непонятно?

— Его зовут Владимир Коновалов. Он владеет всеми правами на NOBRAND и главный в этом всем.

— Имя вроде знакомое, но все же кто это?

— Тебе энциклопедию открыть или сразу Forbes?

Рада ввела в поисковик имя и протянула Дурову телефон. По мере того, как он читал, выражение его лица менялось и поочередно увеличивались то глаза, то улыбка.

— В портфолио будет кейс с его проектом? Т-ха! Так это меняет дело! Что ж ты раньше молчала? Только дурак не захочет поработать с этим твоим Коноваловым.

— То есть, если я тебя правильно поняла, ты в деле? –

Рада довольно улыбнулась.

— Да и еще раз да! Давайте пожалуйста чемодан лучших дизайнеров дензнаков.

— Не жадничай. Чемодан рассчитан на подготовку проекта целиком.

— А хотя бы я и жадничаю, зато от чистого сердца.

Дуров задумался. Потом достал блокнот и начал что-то там быстро писать.

— Так, Варецкая! — наконец произнес тот и убрал блокнот обратно в сумку.

— Да, мой хороший.

— Мне нужен двойной брауни, проездной на электричку и я создам бренд "Пол Паркет".

— Дуров, а проездной-то тебе зачем? — удивилась Рада.

— Шучу я, шучу, — разулыбался тот. — Нет, ну как ты меня с Коноваловым уделала, а? Надо было сразу сказать и все! Имя-то крутилось в голове, сразу что-то не припомнил просто. Я уже набросал тезисно легенду Пола Паркета. Не берусь утверждать, но мне кажется, я только что сам себя переплюнул. Хотя я не из тех, кто плюется.

— Смелый, ловкий, умелый, Джунгли тебя зовут! Идем есть брауни, по дороге расскажешь.

— А потом заглянем в торговый центр в магазин Apple и сделаем самое коварное зло Швейцарии — переключим все iPhone и iPad на русский язык, пока у тебя есть время перед отъездом.

Нигде не чувствуешь себя более одиноко, чем в суетливом терминале, когда летишь налегке, то есть один. Непременно следует, чтобы кто-нибудь провожал. Это значит, что твоего возвращения ждут. И очень важно с кем, где и в каком аэропорту мы сдаем свои чемоданы. Дома проще. Там есть виски и Netflix.

Наслушавшись всяких объявлений, вроде "Блюбен, друпен, бубен, губин", поскольку немецкий звучит для Рады как-то так, она решила перекусить.

Какая дрянная еда в аэропорту одной Европы. На весь терминал варианта два: бутерброд в американском стиле, то есть пластилиновый, и огромный батон с махонькими кусочками колбасы из нано-технологичного мясокомбината. Так, что всерьез поглядываешь в сторону кремов из дьюти-фри. За такую цену они, стало быть, съедобны и органик.

Сверхспособность – это открыть в самолете вздувшиеся от давления сливки и не обляпаться. Варецкая заранее обложилась салфетками, пока бортпроводники разносили напитки. Пить хотелось невыносимо. Спать еще больше.

– Можно мне пожалуйста кофе и апельсиновый сок, – сказала Рада девушке лет двадцати-сорока в фирменной пилотке.

– Смешать в одном стакане? – спросила та, довольно заулыбавшись во все свое некрасивое лицо собственной шутке.

Такая Франция как-то сразу Раде не понравилась. Тупым юмором тупых пилоток. И особой обляповатостью сливок. Но она отогнала первое впечатление вон. Париж ей давно нравился, по Монмартру удобно ходить-гулять, а любимый сыр с плесенью вонял очень вкусно и все норовил набиться в чемодан, чтобы хомячить его вместо слипшихся макарон в самолетной касалетке. И багет французский уж очень вкусный. С хрустом. Но хлеб имеет свойство черстветь и плесневеть в самый неподходящий момент, когда на него очень рассчитываешь. Ни на кого нельзя положиться.

Французский язык — красивый и мелодичный. Но надпись на упаковке самолетных печенек гласила: "... семьдесят два процента де бле пюр бер". Ну ладно пюр бер — чтоб масло намазывать. Но почему в печенье только семьдесят два процента пшеницы? Что за гениальный маркетинговый ход — писать состав пшеницы на хлебо-булочных изделиях. Можно ведь еще и обсантиметрить. Скажем, насколько вырастет жопа к Новому году, если съесть это печенье.

И тут Франция не понравилась еще раз. В аэропорту города Лион Варецкой чуть не стало дурно. На выходе из терминала, со стороны улицы, висели венки из елок с перевязанной по диагонали ярко-красной лентой. Йогурт без даты! Это ж кто массово умер?! В начале декабря-то. Ан нет: к новогодним праздникам готовы, украсили. Декораторы.

В городе пахло так, будто опрокинули самосвал с селедкой. А с виду, надо сказать, приличное место.

Боба встретил Раду в аэропорту, названного в честь автора "Маленького принца", пожал ладошку, на французский манер расцеловал в обе щеки и сразу же принялся рассказывать то, что, по его мнению, должен знать каждый, чтобы потом не столкнуться с неожи-данным разочарованием. Фуа-гра тут и фуа-гра где угодно — это две совершенно разные фуа-гры. Французы не понимают сарказм. Французы никуда не спешат. Вообще. Ну, во первых — вино, а во-вторых — куда спешить, за чем гнаться?

Давний друг Варецкой Владимир Коновалов. Для своих просто Боба. Он жил во Франции уже черт-те сколько лет. Европа была ему к лицу. Но ему уже никогда не забыть что значит, когда размер холодильника на три сантиметра больше кабины лифта в доме на девятом этаже.

Со временем во Французии Боба малость захирел и размордел. То ли от размеренности жизни, то ли смирился. Как только сумма в банке перевалила за определенную отметку, удовольствия у него немедленно прекратились. Единственное, что его всегда радовало – это работа. Однако, в последнее время занимался нею скорей по инерции. И вот уже долго пытался придумать новое сильное желание, чтобы снова идти, достигать и получать удовлетворение от процесса. Он очень хотел хотеть. Каждому к лицу мечта. А когда старательно мечтаешь, о чем бы мечтать, то можно сдуреть. Поэтому Боба маялся сам с собой. У него было все для комфортной жизни тела, то есть дом, машина и прочие удобства; и для души, а именно путешествия в любую точку мира и восхитительная домашняя библиотека. Чем он и развлекал себя в многочисленных поездках, совмещая одно с другим, пока очередная спутница для путешествия фотографировала свои ноги на фоне мира. Ведь селфи делают одинокие люди, которых некому сфотографировать. Спутниц Бобы тоже можно понять.

С мозгами он никогда не ссорился и являлся ходячей энциклопедией цитат. И считал, нет лучшего признания для автора, если его книгу читают в туалете. Но женщины это не ценили и ценили совсем не это. Они хотели Birkin, шубохранилище и в Монако, не понимая, что в мужчине главное многогранность, все остальное чепуха. Боба хотел красоты: внутренней и внешней. Так чтоб ах, снять штаны и философствовать. Чтобы было о чем с такой женщиной жить. И дурачиться до старости вдвоем. А встречал всего по чуть-чуть в каждой – пробники придуманного идеала, или по одной составляющей в любой. Боба был щедрым на любовь и оплату чеков. Но случалось, что путал одно с другим. От чего тела минувших дней его разочаровывали.

У Бобы было много денег. До неприличия. Впрочем, это его совершенно не беспокоило. Он был неуклюже дорого одет. Это его так миллионы обезобразили. Но при этом источал такое радушное тепло, от чего рядом с ним сразу же становилось уютно. Он носил свою породу небрежно. Жил так же, на широкую ногу. Большой человек, во всех смыслах.

У него были любимые пластмассовые часы с Дональдом Даком, которые он менял исключительно ради важной встречи на соответствующий атрибут дресс-кода. Иногда мог забыть или наплевать на правила и развлекался наморщенными носиками дам и важной надутостью щек мужчин при виде Дональда на циферблате. В общем, такие мелочи как часы или замороженные пельмени вместо устриц на ужин с очередной девушкой по-прежнему его улыбали. Книжки он предпочитал читать, а не писать. Половина конечностей и других легко ломающихся костей у него были вправлены после попыток экстремально просветиться, включая челюсть, которую Боба на радостях за семейное счастье друга умудрился уронить об танцпол на его свадьбе. Чего Бобе не хватало, так это масштаба. Поэтому он периодически впадал в состояние "агульная млявость и абыяковость до життя". А в последнее время так совсем приуныл.

Он был алкоголиком-эстетом, все больше предпочитая по вечерам бутылку белого вина, нежели канистру виски, беспамятство и головную боль утром бесполезного следующего дня. В сорок девять головная боль по утрам ощущается крайне остро. Хотя точно знал: нет ничего лучше, чем кампари с минералкой, когда на улице влажность повышенная.

Ну надо же, как мы все-таки меняемся с возрастом. И Рада с Бобой сошлись во мнении, что во Франции – алкоголики-дегустаторы, в Америке – социальные алкоголики, а в Украине – алкоголики от скуки.

А пока он вез Раду в отель и развлекал историями про страну. Оказывается Франция – очень надежная и застрахованная европейская держава. Чтобы арендовать квартиру, должна быть бумага о счете во французском банке, а чтобы открыть счет в банке – необходима бумага о наличии местного жилья. К слову, среднестатистический американский жиртрест, захотев снять не очень дорогое, но колоритное, а значит крайне малометражное жилье, в него бы просто не уместился. Так же требуется француз-гарант, который подтвердит, что ты не дурочка с переулочка и платить будешь исправно и в срок. Без гаранта ни-ни.

– Боба, а гарант французской Конституции может быть гарантом для аренды жилья? – спросила Рада.

– Напиши ему письмо на президентском сайте, уточни.

– "Уважаемый Мсье Блюблябле. Пишу вам, разлюбезный, дабы попросить вас быть моим гарантом. Вы явно зарабатываете больше двух тысяч евро, а посему сможете им стать. Так даже в законе о гаранте арендатора написано. Я могла бы конечно попросить своего президента, но ему нужно писать медленно, так как быстро он читать не умеет".

– Скорей всего прошение останется без ответа, – улыбнулся Боба. – Французы, не смотря на количество вина и сигарет, — долгожители. Поскольку ждать вообще что-либо в этой стране приходится минимум неделю.

— Любопытно, а мужчины тут кончают тоже неделю, и требуется ли в таком случае гарант?

— Даже думать на эту тему не хочу! — скривился Боба. — Кстати, ты знала, что по французским законам кандидат в президенты не может принимать от частных лиц пожертвования, превышающие четыре тысячи шестьсот евро?

— Разумеется я не знала. К чему ты клонишь?

— Вспомнил одну смешную историю из прошлого, как раз про четыре тысячи.

— Прям таки одну?

— Было разное, но после этой истории я москитные сетки не ставлю на окна рефлекторно. Когда я работал в налоговой, а был и такой факт в моей тогда еще нищей биографии, то позарился на взятку. И так вышло, что лучше бы не брал. Ну его к едрене фене. После этого случая, в общем, и уволился. А потом, все же заработав первый мульен, через время сюда уехал.

— Не томи уже! Рассказывай!

— Долго мне звонил один человек, все просил за своего друга. Согласился я в итоге сотворить добро и помирить идиота с системой налогообложения. Лето как раз было. Мошки, комары надоедливые. Секретарша решила поставить сетки на окна. Чтобы уютно, нарядно и мухи не кусали. Сказала и больше этой темы не касалась, думал, уже забыла. Зря, зря мы недооцениваем женщин, решивших о нас позаботиться. Представь, окно раскрыто нараспашку, свежее летнее пекло на улице. Лепота. Зашел ко мне в кабинет этот проситель. Раскланялись мы друг перед другом и сразу к делу. Обстановка была скучна и обыденна. Вода была без вкуса, без цвета, без запаха, пока не появился "Юппи"! Но только я взял конверт, как распахивается дверь и вбегает инспектор со словами: "Тэксь, тэксь, ну что ж, начинаем классный час. Взятка при исполнении, будем составлять протокол" и тому прочее. Я, недолго думая, замахиваюсь и швыряю конверт в окно. Он отскакивает и силой вселенской несправедливости валится на пол. Сука, Светлана Геннадьевна уже успела установить москитную сетку на окно. Главное ж незаметная какая дрянь!

— Светлана Геннадьевна?

— Сетка!

— А дальше что?

— Что-что? Стоим все втроем, ржем как дураки. Подающий потом пришел в себя, вспомнил про друга, о котором просил, показал гримасу муки своего участия в происходящем и тихо вышел потеть на улицу. Инспектор подошел к окну и поднял с пола конверт, утирая слезы от смеха и радости. Мы еще похихикали немного и сошлись на сумме в два конверта, чтобы шутку эту никому больше не рассказывать. Хотели еще коньячку выпить. Но я угощать нагло отказался, а инспектор спешил кирпич покупать на сумму второго конверта. Давно дом строил. Уходя, он сказал: "До новых встреч". Я в ответ поплевал через его левое плечо. На том и разошлись.

"Отель 'Берлиоз'. Интересно, Аннушка уже разлила масло?" — подумала Варецкая, прочитав название своего временного жилья.

— Ты отдыхай пока, а завтра все обсудим. Лады? — проворковал Боба.

— Да, конечно. Как скажешь. Неудобно тебя от дел долго отвлекать, — разошлась в любезностях Рада.

— Неудобно, когда трусы жмут. А ты мне в радость и воздушность на всю голову увеличиваешь. Не смотря на то, что ты та еще сучка, — и улыбнулся.

— От тебя я восприму это как комплимент.

Боба попрощался и начал шумно спускаться по скрипучей лестнице отеля "Берлиоз".

"Даже закат европейский какой-то унылый, аки одинокий гормон. И вокруг совсем нет людей, — подумала Рада. — Город засыпает, стоп, а где же Мафия?"

И снился ей оливье, такой не французский салат с истинно французским названием.

Утро началось в обед. Все еще давала о себе знать легкая акклиматизация, смена часовых поясов и просто усталость. Еле придя в себя, Рада почувствовала дикий голод. Часы показывали ровно четырнадцать ноль-ноль. Первое впечатление самое правильное, как потом не пристраивайся. Вот и сейчас шарахнуло местными правилами. Рестораны в Лионе закрыты на обед. Потому что они тоже обедают. То есть днем с двух до шести в этом городе невозможно поесть. Разве что, в Макдональдсе. Но последний, пожалуй, единственное место, где не пьют вино. Что как-то даже странно ввиду повсеместного разлива розового, красного и белого на завтрак, обед и ужин.

Рада нашла работающую днем еду, паршивенькую, надо сказать, сеть "Гиппопотам". Зашла и только-только умостилась за столиком, как подбежала официантка с возгласами:

— Вы что, через вторую дверь зашли?

— Наверное. Я не в курсе, сколько у вас дверей, — безразлично ответила Рада.

— У нас вход с другой стороны.

– И что? Очевидно, дверь второго вашего входа тоже открыта.

– Но в нее нельзя входить!

– Предлагаете мне выйти и зайти снова с "правильного" входа?

Официантка в фирменной рубашке зависла секунд на десять, а потом снисходительно выдавила:

– Присаживайтесь. Но все равно у нас вход с другой стороны.

"Ладно, ладно, – подумала Рада. – И это тоже пройдет. Надо пойти вечером куда-то, отвлечься развлечением".

На столе как раз лежал гид по Лиону.

"Так-сь. Интересно, чем тут живут. Вот! Рубрика "Развлечения". Что? Вы не ошиблись, дорогие французы? Серьезно? Список библиотек?! Эх, загуляю".

И после невкусного воскресного бранча, Рада решила заглянуть в Starbucks, ближайший за углом, всего каких-то два километра. Чтобы фразой "hot skim grande latte" повергнуть работников лионской кофейни в молчаливый шок.

Прогулявшись по пустынным улицам, далее по мосту через реку, в предвкушении гранде латте она наконец дошла до кофейни, что находилась в большом торгово-развлекательном центре. Из тех, в который приходишь за хлебом, а покупаешь велосипед. Оказалось закрыто ввиду законной тридцати пятичасовой рабочей недели. Вообще рабочий день французов напоминает одну старую шутку: "Рабочий день сокращается до трех часов в день, один раз в неделю, и перерыв на обед, и можно на пол часа опоздать, и пораньше отпроситься, и это еще вахтовый метод". Очень сложно так работать, очень. Сутки через трое попадаешь в рабочее время. При этом громадная рекламная компания развернута по поводу того, что торговый центр будет работать в воскресенье по случаю Рождества. Французы счастливы непомерно. Будь они в Украине вообще в любое воскресенье года, наверняка бы случился оптовый инфаркт со скидкой. Чтобы было понятно – в Лионе ничего не происходит. А в воскресенье ничего не происходит и все закрыто. Всегда! Вроде бы в Германии примерно то же самое. Логичными выглядят на этом фоне исторические события с Наполеоном и Гитлером. Мужикам просто было скучно в воскресенье.

А еще люди в Лионе от млада до стара ходят с телегами на колесиках. В Украине их называют "кравчучками". Наверное, удобно сосиски из супермаркета возить. Хоть и выглядит как с чемоданом за грибами. В какой именно из закрытых супермаркетов ходят французы – загадка. Может все-таки в лес за "Рокфором"?

Оставшись без кофе и уже нагулявшись вдоволь, Рада решила вызвать такси. Но в Лионе это оказалось невозможно.

– Бонжур. А силь ву пле мне машинку. Ехать из адреса А по адресу Б.

– Так это же совсем рядом. Километра два.

– Да, это буквально минут пять на машине.

– Мы не ездим на такие короткие расстояния. Вы можете поехать на автобусе или пройтись пешком.

– Но я не хочу пешком. Я устала, лень и хочу такси. Сколько стоит поездка?

– Два евро.

– Плачу десять.

– Слишком близкое расстояние, мадам.

– Двадцать евро.

– Адрес Б совсем-совсем близко. Вы можете поехать на

автобусе или пройтись пешком.

Вдруг очень тепло вспомнился Киев с неизменными "а дорогу подскажете", "накиньте еще пятерку" и даже "у вас простой аж две минуты, надо бы доплатить". И Манхэттен с круглосуточными желтыми машинами, которые ездят меньше, чем на два километра. Хоть вообще никуда с места не трогайся за свой счет.

Варецкая вернулась в отель пешком. И только успела зайти в свой номер, как в FaceTime настойчиво трезвонила Лактионова.

— Марусь, я во Франции, сейчас буду занята…

— Хуже мужского вранья может быть только мужская правда! — сказала Лактионова металлическим голосом.

— Лапуль, давай наберу тебя в другой раз.

— Варецкая, у него баба!

Рада глянула на часы. Боба должен заехать не раньше, чем через тридцать минут.

— Выкладывай, — выдохнула она и поудобней уселась в кресле.

— Ситуация. Он глубоко в длительных и серьезных отношениях до печенок. И находится мамзель еще одна. А может даже и еще одна. Смотря насколько харизмой данный мужчина удивить может. И вот каждой он говорит, что другая — любовь всей жизни, лучик солнца в анналах повседневности и дорога ему похлеще кого угодно. Но ты, да-да, именно ты, лань моя кареокая, дорога. А Пуська не дорога. И Муська тоже нет. С ними он, бедняжка, мучается только. Так как они все его грызут и жить мешают. Бросить Пуську с Муськой совесть не позволяет. Только каждая про других Пусек знает. Мужчина ж честный. И ей же сказали — дорога именно она. А значит все решит время. А харизматик этот продолжает правду говорить. Ну, все ведь по-честному, не придиресси!

— Лактионова, а ну-ка тпру! Ты о ком сейчас?

— А ты что, забыла как Олега зовут?

— Так, ясно. Мудак открывает филиалы?

— Но самое обидное, Варецкая, знаешь что? На этот раз мне не все равно. Я хочу, чтобы он остальных всех бросил. Или его бросили. Даже лучше, чтобы его бросили. Чтоб не возомнил там себе, что на него конкуренция.

— Ну что за ансамбль тресни и встряски. Напуркуа? Как бы вас долго что не связывало, он наверняка себе думает: ну вот, пришла какая-то фря и требует свое. А у него жизнь устоялась с Муськами и Пуськами, с тобой все плюс минус понятно — месяц вместе, два в расставании. Я вас наблюдаю уже сколько, два года в этих каруселях?

— Три.

— У вас определенная стабильность в отношениях.

— Издеваешься, да?

— Это как посмотреть. С женской точки зрения естественно это ужас. С его же — все на своих местах, и он не хочет ничего менять. По крайней мере сейчас. А ты побереги микрофлору и не будь Нюськой. Наслаждайся жизнью. Старые мосты могут еще пригодиться.

— Что мне делать?

— Можно конечно просто перестать танцевать на граблях. Ежели не хочешь ложками потом его целиком есть, со всеми его последующими Пуськами и Муськами.

— Так он это… ругаться поехал.

— Обожди. И?

— Ничего. Два дня назад уехал ругаться. Что ж он так долго с ней ругается. И мне оттого не звонит. Пусть мне позвонит, я помогу ему с ней поругаться окончательно.

Олег мой, понимаешь?! Мой!

— Марусь, а он с Пуськой или с Муськой ругается? — уточнила Рада.

Хотя какое это имело значение. Два дня люди не могут ругаться. Два дня люди могут только мириться сразу же после того, как поругались.

— С Муськой. Пуська сама его на мужской репродуктивный орган послала. Подробностей не знаю. Кстати, удивительно, отчего ж это я подробностей не знаю. Правдец мой жизнерадостный что-то запамятовал уведомить, кого пригласил на случку в этот раз.

— Подруга, это грустьпечальбяда. Как говорила Фаина Георгиевна Раневская, люди бывают разные, как и свечи: одни для света и тепла, а другие в жопу…

— Метафоричнее некуда.

— Оно тебе надо вообще такое добро?

— Не смотря на всю комичность ситуации, с Пуськами и Муськами, с правдой его никому не нужной, мне больно. Очень. Но все равно ничего не могу с собой поделать. Тянет. А он уехал. И я, как дура, сижу жду. Извелась уже вся.

— Бедный мальчик, холодрыга на градуснике, а он поди вдобавок ко всему без шапки поехал.

— Ты звучишь как мать.

— Чья?

— Да любая.

— Это классика, детка. Что я тебе могу сказать. Поори в холодильник, посмотри мультики и выпей травяного чаю. Полегчает.

— Новый год близится, а у меня еще ни елки ни личной жизни, — выдохнула Маруся.

— Серый мир хвои и разочарований. Если так грустно,

давай разрисуем тебя цветными фломастерами!

— Давай! Чур я начинаю желтым! — улыбнулась Маруся. — Желтый цвет, как по мне, очень шизофренический.

— Да куда уж более, — сказала Рада. — Не грусти, лапуль…

— Ага-ага, сейчас только выключатель паршивого настроения найду, — отреагировала Маруся. — Ладно, все. На связи, — и отключилась.

Телефон зазвонил снова.

— Рада, ты как? — раздался голос Бобы.

— Я ела невкусную еду в некрасивом месте. Не выпила вкусного кофе. Ко мне не приехало такси. И на ближайшей станции метро были опущены роллеты с надписью "Закрыто". Поэтому я допрыгала лягушкой до отеля и жду тебя.

— Я у входа, спускайся. Поедем нормально поедим и выпьем по большой чашке кофе, как люди. Сегодня я готовлю вкусный ужин!

— Лягушек не будет?

— А как же! Ты все-таки во Франции.

Отель "Берлиоз" находился на пересечении с бульваром Ленина, потому что улица или бульвар с именем местного социалиста точно так же есть в каждом французском городе. Метро зовется именем его же. Боба жил на станции метро "Беззаботная" или "Не Парься". Так прям и переводится, один в один.

— Я когда только во Францию переехал, языка совсем не знал. Спустился, помню, в подземку, вижу надпись "Sortie". Твою мать, думаю, я на этой станции уже был. Это что же получается, круги наматываю? Где моя остановка "Беззаботная"? Оказалось, "Sortie" в переводе — "Выход", — хихикнул Боба, вырулил на площадь и посигналил от души. – Рассказывай, как там дела в Союзе?

– Хреново. Нет давно Союза.

И они засмеялись.

– Ну да, ну да, я слышал, в газетах писали. Маркс придумал неплохую теорию, а что касается практики...

– В Украине сейчас все зависит не от индекса Доу Джонса, а от почтового индекса. Занимательно, если писать CIS, то бишь СНГ в русской раскладке клавиатуры, то получается СШЫ. Возможно как раз поэтому в Украине куда ни плюнь одно сплошное мерчендайзер, супервайзер, сайдинг, кейтеринг, шопинг. Можно ведь проще: товаровед, контролер, фасад, еда, одежда. Однако нет.

– Видишь, даже названия всего на английском звучат лучше, автоматически круто. Это придает некий статус что ли. Как сама? В Нью-Йорке нормально все?

– Да, вполне. Кручусь, работаю.

– Что, в Киеве стало тесно?

– Иначе бы я не уезжала. Хотя, такое чувство странное. Я уже не там, но еще вроде как не здесь. А будто бы где-то между. Сложно это.

– Понимаю тебя.

– Иногда конечно, бывает, нападает лень, жалость к себе и розовые сопли, что хоть на кулак наматывай. Но в этом случае у меня есть проверенное средство: представляю, что живу в Луганджелесе, а это кажется жутким до усрачки. Тогда сразу же начинаю метаться и что-то делать в усиленном режиме во избежание такого ужасающего варианта.

– Ты ж обычно заряжаешь хорошим настроением, по принципу Кашпировского – хоть банки с водой вокруг тебя ставь.

– Это факт. Однако периодически в моей жизни

появляются люди-сквозняки. "Рада, ты плохая", – кричат они, дуют ноздри, глаза – врастопырку. – "Ну и ладно", – отвечаю я и иду дальше по своим делам. – "Нет, ты слышишь, Рада, ты – ничто!" – догоняют они снова. – "Я услышала с первого раза. Спасибо. Бу!" – отбрыкиваюсь от назойливости я. – "И все, что ты делаешь – плохое и неинтересное, – настаивают сквозняки. – У тебя не получится!" – прикрикивают вдогонку. – "Не следите за моей жизнью, не общайтесь со мной, сделайте вид, что меня нет", – я мыслю логично и предлагаю сквознякам меня не трогать. – "Да как ты не понимаешь!" – обижаются сквозняки и еще больше дуют ноздри. И чего-то вертятся, мельтешат и щипают за пятки. И как назло я боюсь щекотки только на ступнях. Даже врезать могу случайно – неконтролируемый рефлекс.

– Какой вывод из этого следует? Ты талантлива. И если есть сомнение, в виде людей-сквозняков, или лично твое – это нормально. Талант не может быть без сомнения. На то он и талант. Считай это промо-акцией два в одном, пакет "Оптимальный". Это как сдаешь макулатуру, и тебе дают за нее "Трех мушкетеров", а в нагрузку сборник монгольской поэзии. Так вот, талант – это "Три мушкете-ра".

– Увлекательная книга "Мой невроз или сборник монгольской поэзии". Кто-нибудь бы читал? Хотя какая разница. Любимый и родной Киев в какой-то степени стал городом возможностей – оказалось, из него можно уехать, – Рада улыбнулась. – И знаешь что? Все то, от чего я уезжала, будто бы меня преследует, поскольку пол Киева следом переехало в Нью-Йорк.

– Мы таскаем с собой вещи в сумках, рюкзаках, авоськах, портфелях, чемоданах. С придурью и сменным бельем ездим по миру в поисках себя. Предварительно хлопаем калиткой в прошлое так, что чуть забор не рушится, в надежде обмануть, перехитрить собственные мысли. Только ведь от себя не убежишь, как ни старайся.

— Но зато от времени можно, — подмигнула Варецкая. — Ха! Могу тебя заверить, что на Брайтоне по-прежнему "совок": тетя в чепчике и сине-белом гастрономовском фартуке продает чебуреки, трубочки с вареной сгущенкой и котлеты в тесте. А в супермаркетах есть салат, в котором преобладают макароны.

— Эх, вареная кукуруза и трубочки со сгущенкой у Черного моря... — Боба закатил глаза и улыбнулся. — Я, знаешь, видел и Черное, и Средиземку, и Тихий с Атлантикой. Такие разные все. Вот Черное море как мужик в трусах. Ленивый такой, с перегаром, и пузо все время чешет через майку-алкоголичку. Эдакий свой парень. Но если надо — выручит и порвет за дело кого угодно на тряпки. Средиземное море — это сучка. Такая, которая влечет, а потом тратишь на нее кучу денег и понимаешь — зря, ой зря. Она скоро своей напудренной дуростью и чванством начинает бесить так, что срочно жажда бахнуть водки, проспаться и выгнать ее к чертовой матери обратно на Лазурный Берег. Атлантика же мощь и сила.

— Для меня лично Атлантический океан как мужчина, которого просто нужно уважать. Кстати, совсем недавно очень сильно смеялась. Прочитала подборку самых глупых вопросов, которые люди задают на Yahoo. "Как выявить в черепашке гея?", "Можно ли по запаху пука мужа определить измену?", "Когда человечество сможет ходить по солнцу?" Номер один в моем личном рейтинге — "How big is the Specific Ocean?"

— Этот океан я еще не осчастливил своим визитом.

— Там и ответы недалеко ушли, когда человек на Yahoo дельное предложение внес: "Если солнце горячее, то можно полететь и высадиться на него зимой, когда мороз минус десять". Понимаешь, и все! Делов-то.

Боба ржал.

— Рада, американцы порой и правда тупые.

— Это стереотип. Не надо обобщать, не все. Есть довольно много толковых людей, а есть работники горячих линий, как и в любой другой стране.

— Имелся у меня со второй категорией разговор, когда я был в Штатах. Думал прокляну. Началось, конечно, с того, что противный голос вежливо сообщил, что к сожалению все операторы заняты, время ожидания – два года, но мой звонок крайне важен для них.

— Боба, надеюсь ты не хочешь сейчас обоМХАТить паузу, чтобы показать, как долго ты ждал соединения с оператором.

— Я не могу так долго молчать только ради того, чтобы передать всю комичность того момента. Итак, доставка посылки намечалась в то время, когда я не мог за нее расписаться. Они должны прийти еще два раза, чтобы отдать мне посылку в руки. Или же я мог забрать ее сам в офисе курьерской компании, но только после того, как курьер заглянет в первый раз ко мне по адресу. До этого первого визита курьера самому забрать посылку оказалось нельзя. Поменять адрес тоже, как и отменить заказ. Они в курсе, что меня в день доставки не было по указанному адресу и тем не менее курьера послали. И его так же послали по указанному адресу доставки еще два раза, зная, что никто получить посылку и расписаться не сможет. После этого посылка поехала обратно по адресу отправителя. А уже потом можно поменять адрес доставки и посылку отправят снова. Или же, если от меня нет звонка, то автоматически возвращают деньги за покупку. Как тебе это нравится, а?

– Боба, я аж устала. В итоге все получилось?

– Ну разумеется. Я просто забил.

– У каждого есть опыт общения с горячей линией. У меня когда PayPal заблокировал аккаунт, то для его восстановления потребовал дополнительную информацию. Разве что справку о привитости манту я ему не отправляла. После чего тот прислал уведомление с просьбой отправить мое "ежемесячное заявление для банковского счета с окончанием в две тысячи сто сорок первом году". Ага, друзья меня так и называют ласково – Дункан Маклауд!

– Роботы – смешные люди.

– Боба, гляди-ка! Очередь в метро тянется на весь квартал! Как удивительно много людей на улице, хотя лично я сегодня встретила всего человек десять, включая ресепсиониста отеля и официанта, – заметила Рада.

– Это потому, что второй день продолжается Праздник света, ежегодный, между прочим, – Боба поднял вверх указательный палец, акцентируя, дескать мегазрелище, Цирк дю Солей и рядом не кашлял.

Они остановились на светофоре и невольно наблюдали действо, которое развернулось на их глазах. Подпитую мадемуазель охранники не пускали в подземку. Очередь ждала. Мадемуазель начала орать на охранников. Те в ответ начали орать не нее. Очередь ждала. Мадемуазель кое-что ляпнула и пошла прочь, охранники ее догнали. Очередь ждала. Один из охранников дал мадемуазель по голове, другой охранник дал по голове первому, а первый в свою очередь снова дал по голове мадемуазель. Круг замкнулся. И сразу стало видно – в Европе была инквизиция.

– Боба, мне всегда казалось, что Франция – это бесконечный амур на каждом углу. Но я не заметила ни одной не то что страстно, хоть просто целующейся парочки. Впрочем, видела одну крайне любопытную. У него неправильный верхний прикус, у нее неправильный нижний прикус. И там явно не стоит вопрос, кому какая губа достанется. Фактически у них всегда миссионерская поза поцелуев. Что Франция – это "Су ле сьель де пари парара-рара-ра-ра-ра". А из местного только Zaz нравится, бессменная Патрисия Каас, ну и Эдит Пиаф очень, но она померла уж давно. Что Франция – это булочная за углом и запах свежего багета, и продавщица цветов такая улыбчивая-улыбчивая. И, наконец, это вкусная и изыскан-ная еда. А лягушки как лягушки – на курицу похожи и лапки у них костлявые, – сказала Рада, выкидывая очередную мелкую кость лягушачьей лапки в кастрюлю уже у Бобы дома. – Только почему-то Франция – это социализм с пластиковыми окнами. Евро Союз Советских Социалистических Республик.

– Есть немного, это вот ты верно подметила, – закивал Боба.

– А женщины. Может я конечно не всех успела посмотреть, но из прелестей у них только глаза. Я даже начала осознавать смысл культа вина.

– Да, французы виноград выращивают, моду приду-мывают, наконец картавят очень мелодично. А сморкают-ся прилюдно. Такое ощущение, что в Лионе все сопливые и так и норовят встать рядом и высморкаться громко в салфетку. Очень сложно хотеть любить женщину, которая таким образом показывает всю себя целиком. Ну да ладно, опустим. Зато я начал понемногу раскрывать тайну бытия.

– Пьешь что ли?

И они засмеялись.

Раду с Бобой связывали давние дружеские отношения без малейшего ароматца неблагоразумия. Поэтому они могли говорить о чем угодно, когда угодно, возможно не так часто, как хотелось, но определенно получая удовольствие от общения, дружеского совета и просто поддержки близкого человека, что нынче не за каждым поворотом встретишь. Дружба, проверенная годами, деньгами, статусом. Особенно успехом. Успех близких переживет только сильный и уверенный в себе. И бренды в гардеробе к этому не имеют никакого отношения.

– Боба, теперь я вижу, почему тебе скучно. "У тебя просто велосипеда нет". Любви вам надо, барин, – сказала Рада, уже слегка захмелев от вина.

– Я бы и рад, но ты сама видела здешний, не при дамах будет сказано, колорит, – и Боба почтительно кивнул. – А нашу найти – это еще сложней. Чего уж, все мы знаем, как оно бывает. Мужчины снимают женщин. А женщины снимают жилье и потому позволяют снимать себя – жилье нынче дорогое. Чего порой не скажешь о самих женщинах, пусть даже и в дорогом жилье. Ай... – Боба махнул рукой. – И проблема не в том, что не дают. Скорей я не весь ассортимент беру. Не охота. Однажды мой отец сказал мне: "Будь осторожен в двух вещах – где оставляешь свою подпись и свой член". Это самый лучший совет, который я когда-либо получал. Да и на кого взвалить такую ношу?

– Ты прав. Это ответственность. "Вот тебе моя любовь. Теперь ты за нее в ответе". Так же не честно. Надобно, чтобы другой человек тоже хотел и был готов. "Мужчина,

мужчина, да-да, вы! Я тут иду и наблюдаю: вы любовь несете, еле сдерживаясь, чтобы не расплескать. Давайте я вам помогу". И ты вдруг спотыкаешься и шарах любовь на этого хорошего человека. А она может просто за сосисками шла, ни о чем таком даже не думала.

— Рада, это так кисло, что можно коньяк закусывать! У тебя в контексте социального мнения какие новости?

— Мои знакомые разного пола, возраста, вероисповедания и размера противогаза все выдают меня замуж. Кстати, ты не знаешь, как узнать свой размер противогаза?

— Длину лица умножить на Львов? Бери размер S, не ошибешься.

— По-моему, это началось сразу, как только я получила паспорт. Формулировка одна прям очень позабавила: "Пора скорей, а то через пять лет все". От чего у меня один вопрос. Закроется ли выход в замуж?

— Пардоньте, ежели я занудствую: успели уже надоесть?

— Ох, да! Я бы да же сказала осточертеть. С недавних пор прям особенная концентрация человеческого любопытства в контексте моих шлянствий во имя репродуктивной функции. Вопрос этот повергает меня в уныние. Как только его слышу — становится дурно, дергается губа, разбирает оторопь и появляется моральное увечье, что даже внутренний голос Люся — а она та еще надоеда беспокойная — морщит лоб и тихо так сквозь зубы шипит: "Да что ж за манана, какое ваше дело, и не пошли бы вы сад!" Но хуже вопроса "Замуж еще не вышла?" может быть только следующий за ним: "А почему нет?" — и головушку так к долу сочувствующе-прискорбно. Отчего у меня духовность морщится, и в ответ очень хочется обложить гениталиями и подарить свечку. Только заранее уточнить, какие человек любит больше – парафиновые или из воска. Потому что ну кто все эти люди, ей-богу, как они живут с этим внутри… А правильного ответа я не знаю. "Взамуж" это очень, очень важное решение, как суицид. И как они это себе представляют? Ведь "взамуж" – это следствие любви, а не причина.

– А как же принц, конь и полцарства в придачу?

– Только коня мне еще не хватало.

– Варецкая, ты что, лошафоб? – засмеялся Боба. – Что за дискриминация сказки.

– Еще скажи, что я не толерантна к полцарствварастам. А принца так вообще никогда не хотела. Ни английского – Лизавета Тимофеевна, а Гарри выйдет гулять? Ни шведского – он с виду слишком приторный. Ни бельгийского – внешне зануда. Ни монакского – это ж какое терпение надо иметь, чтобы носить фамилию Казираги. Ни любого. Я вообще не по принцам. Ну сам подумай: взрослые мужики, а живут с родителями.

– Прелесть! Рада, ты же Космополитен – человек мира и коктейль. Плюнь. И посылай их всех в жопу! Вот самый лучший ответ на вопрос про взамуж, – подмигнул Боба.

– Я конечно люблю секс, но с замужеством это просто траханье мозга какое-то. А секс в мозг не самая его лучшая разновидность.

– Когда по взаимной любви – все можно. Но любой нежелательный секс не очень приятный. Давай лучше выкладывай, чего тебе надобно и чем помочь, – посерьезничал Боба и добавил: – Знаю, ты профессионал своего дела, но естественно мне нужны все подробности проекта, возможные риски и прочие детали.

– "Когда от человека требуют идиотизма, его всегда

называют профессионалом", – процитировала Довлатова Рада.

– Варецкая, от идиотизма у меня изжога.

– Поберегу твой желудочный сок и кислотно-щелочной баланс. В общем, есть такой бренд, который называется NOBRAND. Его основатель модельер Пол Паркет…

Рада закончила рассказывать суть проекта, сделала глоток вина и посмотрела на Бобу.

– Будешь восстанавливать социальную справедливость за спонсорский счет? – наконец произнес тот.

– Социальная справедливость – это когда граждане собираются санкционированной толпой и могут прийти к зданию правительства сломать забор. Справедливости на самом деле никакой нет. К тому же поломать забор уже давно неэффективно. Так, может хоть какое-то время я не буду расстраиваться, видя в Facebook эти слезливые фейковые "я никогда ничего не просил, но вдруг приключилась горюшка-бяда". Поможем и реально хорошее сделаем, а не просто мешки это самое…

– В "Идеальном муже" Оскара Уайльда упоминалось: "Благотворительность – это последнее прибежище для тех, кто любит допекать своих ближних". Миссис Чивли там предпочитала политику. Это как-то… изящнее.

– Не интересно мне с политикой связываться. По крайней мере пока.

– Ты же не собираешься объявлять на показе в Киеве о том, что вещи на самом деле, мягко говоря, не новые.

– Вообще-то да. На это весь расчет. Поскандалить.

Боба хмыкнул.

– С чего это ты вдруг вообще решила удариться в благотворительность?

– Откровенно? Вряд ли могу точно сказать, чего жажду

больше – удовлетворить собственные амбиции или осчастливить страждущих. Но я действительно искренне желаю всем добра. И заработать хочу.

– Плюсики в карму?

– И их тоже. Не бывает бескорыстных полезных дел.

– Бывает.

– Назови хоть одно?

Боба задумался.

– Нет, ну так сразу и не скажешь…

– Потому что их нет. Как только ты чувствуешь удовлетворение – это уже личная выгода. И что плохого в желании хорошо заработать и одновременно сотворить социально значимый проект.

– Как-то это двузначно и противоречиво.

– Что именно, Боба?

– Насильственное участие в благотворительности на подержанных вещах, которое ты хочешь сделать. Вроде как хорошо, но с другой стороны…

– А с другой стороны у человека копчик, – перебила Варецкая.

– Ты сумасшедшая!

– Ты даже представить себе не можешь насколько. Кукареку!

– Это все не-ре-аль-но!

– Боба, а не побезумствовать ли нам? Тебе это ничего не будет стоить.

– Как это?

– А запросто. Можешь считать, что ты просто одолжишь требуемую сумму на определенный срок. И в итоге даже не потратишься. Есть один банк в Беларуси, с обычным таким предложением по депозитному вкладу в пятьдесят процентов годовых, а главное с выплатой от суммы сразу, точней на следующий рабочий день.

— В чем подвох?

— Его нет. Кроме того, что это Беларусь, конечно. Через год заберешь свои деньги обратно из банка. Для проекта будут использованы только проценты.

— Зачем эти сложности с банком? Давай я просто вложусь в проект.

— В таком случае я не смогу тебе ничего вернуть. Как ты понимаешь, проект не коммерческий, а весь доход уйдет на благотворительность.

— Значит, просто перечислю сразу на благотворительность, раз ты так хочешь.

— Миллион?

— Ну, это не самая заоблачная сумма. Если в белорусских рублях.

— Смешно. Это банковские проценты, разве что от других дизайнеров ассигнаций.

— Получается два. Уже хуже. Я готов сочувствовать только на один лям.

— Боба, ты же давно хотел чего-то нового. Того и глядишь скоро мхом покроешься. Как в песне, помнишь?

Пока мотор стучит, и ноги носят,
И бродят мысли разные в балде,
Душа, как не верти, чего-то просит
Помимо баб, напитков и т.д.

Рада напела старую песню Макаревича.

— Вот я и предлагаю поучаствовать в таком, мягко говоря, неоднозначном проекте. Но торжественно обещаю — будет весело. Тебе понравится! Кстати, заметь, я при этом еще и деньги твои экономлю. Точней беру во временное пользование с помощью белорусского банка и возвращаю все до копейки, – продолжила Рада.

– А если банк крякнет? Что с вкладом?

– Это риск, но государство гарантирует полную сохранность вкладов в банках согласно Декрету Президента Республики Беларусь. В случае чего, гарантия на чайник конечно действенней, но тем не менее. Чего молчишь?

– Я считаю.

– Дать калькулятор?

– В уме справлюсь, – загибал пальцы на руках Коновалов.

– Боба, уверена, ты поймешь меня правильно. Не первый же день знакомы. Люди, способные вслух говорить "нет", а не муфлонить время, вызывают мое глубочайшее уважение. А вот это вот: "Мне нужно сконцентрироваться сейчас на своей карьере", "Мы вам перезвоним", "Мне нужно подумать", "Отправьте вашу презентацию" – что за мать его политкорректность. Политкорректность – это негра в присутствии негра не называть негром. Убегать от четырех амбалов ночью в подворотне – не трусость. А не говорить вовремя "нет" – трусость. Ибо по-английски бывает хорош только юмор. Боба, скажи откровенно, похожа руку на сердце или на что тебе удобней. Да или нет. Конечно же, я понимаю, тебе нужно время. Однако очень бы не хотелось ждать от тебя ответа, каким бы он ни был, и не дождаться. Даже если ты скажешь нет – я пойму, и мы с тобой все равно останемся друзьями.

– Мне нужно подумать… – съерничал тот.

– Боба, иди к черту!

– О, мадам! С вами – куда угодно!

— Мадмуазель, прошу заметить. Я не замужем и вообще-то я не замужем. Чувствуешь разницу?

— Это поправимо.

— Хочешь довести даму до сарказма?

— Не только. Могу еще и до греха, — веселился Боба. — Да помню я твои принципы. Проверка так сказать. А ты все такая же. Умничка!

— Проверил?

— Да. Еще вина?

— Разумеется.

Коновалов налил в бокалы вина. Варецкая достала последний козырь.

— Боба, человек на восемьдесят процентов состоит из воды. Без любви и без мечты это просто вертикальная лужа. Так что помимо рабочего предложения есть у меня для тебя одна знакомая вполне ответственная женщина. И сосиски терпеть не может. Зовут Виктория Лактионова. В мужчинах ее больше всего возбуждает ум. Только предупреждаю сразу — это очень властная женщина. К слову, именно в ее шоу-руме в Киеве будет выставлена одежда от Пола Паркета.

Рада нашла в телефоне фото Витон и показала Бобе.

— Ой, лиса! — протяжно высказался в ответ тот. — Ум, говоришь? Это меняет дело. Хороша. Властвовать над властной женщиной одно удовольствие.

На его языке это означало: "Заверните, хочу!"

— Рада, я тебя услышал. Знаешь, я придерживаюсь трех простых правил. Это очень упрощает жизнь, а главное общение с людьми. Говорить хорошим людям, что они хорошие. Говорить тем, кто делает говно, что они делают говно. И стараться не путать первых со вторыми.

— Отличные правила. Мне нравятся.

— Если быть точным, в моей голове ответ по Полу Паркету звучит как "а почему бы и нет", что в общем можно приравнять к положительному. Давай сделаем это. Я определенно в каком-то смысле авантюрист, но с налетом педантичности.

— Вот это я понимаю! Боба, родной, ты не представляешь, как...

— Конечно представляю, — прервал он Раду. — Ты тоже еще тот сноб!

— Боба, я живу как умею и как получается. Такая, какая есть. И предпочитаю все делать от души, или не делать вовсе. А снобизмом, как мне кажется, можно заразиться от фронтальной камеры своего телефона, делая многочисленные селфи для Instagram.

Боба молчал и пристально смотрел на Раду, что у той аж мурашки пробежали. Такие, после которых в кино обычно страстно курят.

"Свистать всех наверх! Приплыли!"

Она не видела этот взгляд раньше. И увидела его таким, неприкрытым, только сейчас. Или возможно не хотела видеть, поскольку думала, что дружба между мужчиной и женщиной действительно существует. Разочаровываться в данном факте ой как не хотелось. Особенно когда возраст мужчины близится к отметке в полвека, тогда есть два варианта развития событий: мужчина либо покупает красный Porsche, либо заводит свежую любовницу.

"Как вовремя я предложила инвестировать в проект, — подумала Рада. — Ведь попросив денег взаймы, гораздо легче утихомирить сексуальный интерес".

— Боба, ты будто раздеваешься меня сейчас взглядом, — попыталась перевести в шутку та.

— Рада, я скажу тебе секрет. Ты мне нравишься.

— Если ты представляешь меня голой, значит мы не просто друзья.

— Я уже столько раз это делал, что мы с тобой успели наскучить друг другу голыми. У меня как у латыша: член да душа.

— Вот за душу я тебя и люблю. А остальное пусть остается на своих местах.

— Я так давно и так сильно тебя хотел, что устал и больше не хочу. Как в анекдоте: "Да не нужен мне твой утюг".

— Прости, я не знала. Мне очень жаль.

— Все ты знала. Ты далеко не дура. Но невозможно жалеть о том, что чувствуешь, или не чувствуешь. По настоящему счастливы те, кто живет по совести. Тогда им не о чем жалеть. Что-то я слишком разболтался. У нас с тобой другого рода секс — интеллектуальный. Мне это нравится и да будет так и дальше. Давай бегом номер телефона Виктории!

Как у врачей есть своя письменность, так и у пилотов, независимо от страны производства, существует своя особая речь. "Добрый день. С вами говорит капитан Дроровр ПГЛорлра, температура за бортом мрнс роиодр милнаол, мы летим на высоте лоралдор, орадор время прибытия двенадцать орао оро минут по местному времени". И даже когда предупреждает про турбулентность: "Мы впрлек в зну трюлпжоадгаеги", когда и так понятно, что трясет из-за ветров над Атлантикой, по дороге домой, в Нью-Йорк.

Оставалось соединить между собой два недостающие звена.

В проекте Пол Паркет уже участвовал создатель

брендов Константин Дуров и главный спонсор Владимир Коновалов. Нужен был формирователь мнений в модной среде – критик, фешн журналист, блогер, чтобы разгонять информацию о Поле Паркете в блогосфере, а впоследствии в медиа.

"Что делать с коллекцией? Как ее перешивать и где? Как свести вместе шоу-рум и человека шмоточной индустрии, и где взять последнего? И чтобы они еще подписались под таким проектом, ведь придется не разглашать. А не говорить об изнанке с подержанными вещами – как-то некорректно. Или как минимум не договаривать. Где их взять, нужных, правильных и толковых людей, и чтобы это мощное лобби работало? Новый год близится, будь он неладен. Правильно Маруся сказала: "Еще ни елки ни личной жизни", – размышляла Рада. – Полы что ли помыть в квартире да пропылесосить? Или просто выкинуть к чертям ковер из гостиной?"

Она открыла электронную книгу про Стива Джобса "iКона". Только дочитала пролог до второго абзаца, как вдруг нате:

"Пятнадцать лет изгнания из своей собственной компании коренным образом изменили ситуацию: годы сделали Стива более человечным. Наиболее ясно это проявилось в январе 2000 г. на выставке MacWorld Expo, проходившей в Сан-Франциско, в Moscone Convention Center. Морозным утром в день открытия выставки Стив Джобс пережил такой эмоциональный перелом, который, как думали многие, мог с ним никогда и не произойти. И как часто случалось с этим потрясающим человеком, произошло это в присутствии тысяч свидетелей".

"Ну еще бы! И не такой эмоциональный перелом случится, когда вдруг мороз шарахнул в Сан-Франциско. И это при обычной там январской температуре в одиннадцать градусов выше нуля".

Варецкая нажала на кнопку "удалить" и выбросила файл в электронное мусорное ведро. Вот что значит читать текст в переводе, а не в оригинале.

Она стояла у себя дома в гостиной, разглядывая пол.

"Определенно надо что-то сделать с ковром. Не нравится он мне. Синтетика и пылесборник в одном флаконе. Синтетика! Точно! Именно это спрашивал странный покупатель ковра. Как там он проверить просил: поджечь и понюхать вроде? Сын у него конечно странный. Известный человек, по словам папы, блогер. Укуси меня пчела! Точно! Сын его какой-то блогер! Может позвонить уточнить? И где я теперь его номер найду? Или стоп! Вся история входящих и исходящих звонков, смс и голосовых сообщений автоответчика в Google Voice наверняка сохранилась! Спасибо тебе, о великий Google ибн Большой Брат!"

– Але, здрасьте! Вы как-то звонили по объявлению насчет ковра. Мой оказался синтетикой, без запаха поросенка, – почти прокричала в трубку Рада, думая, что так он ее уж точно вспомнит.

– Я надеюсь, вы последовали моему совету и выкинули гадость? – ответил бодрый голос.

– Как раз смотрю на свой ковер и понимаю как вы правы, – не врала Варецкая.

– Чем обязан?

– Помнится, вы упоминали о вашем сыне, который что-то пишет. То ли у него онлайн-журнал, то ли нечто подобное. Мне бы хотелось с ним переговорить. Если он блогер, то есть для него работа.

— Милочка, вы даже представить не можете, как бы я был вам благодарен. А то ну что это — мужчина, а сидит перед экраном компьютера как завороженный. Enfant terrible! Работа должна быть работой. Костюм, галстук, все дела. А его мотает туда-сюда, как юродивого. Ни стен, ни реакции в жизни.

— Будет ему реакция. Сыну вашему понравится. Телефон дадите?

— А приезжайте сразу к нам. Это исчадие ада в свитере со мной живет. Хоть в чем-то папе внимание. Мы в Бруклине живем. В "Морских Воротах".

— И к кому я еду?

— Георгий Стариченко.

Каких-то полтора часа на метро из Манхэттена в русский район Бруклина. В подземке ехали сплошь одни персонажи, а впрочем как всегда. Очень позитивный художник, похожий на главного героя-дедушку из мультфильма "Вверх". Он рисовал свои картины фломастерами, прямо в вагоне. Там же пытался продать. Через восемь остановок его сменил ведущий шоу "Энтернейнмент тунайт". Что правда, публика слушать была больше вынуждена. Всеми силами вагон смотрел в пол и поголовно использовал наушники в качестве беруш. Сегодня в выпуске: Азяфрика; геополитическое устройство мира и кто завез в Италию гангстеров; а так же про джерсийский народ — маленькую, но очень гордую нацию. А где как не в метро знают, о чем говорят.

"Голландцы, французы, люди из Джерси поехали в Африку за природными ископаемыми в восьмидесятые. Если бы не природные ископаемые, то не не было бы индустриализации. Европа даже не

сунулась бы в Африку. Евразии не существует. Это Азяфрика. Кто например открыл Италию? Мафия! Они приехали в Европу и нашли Италию!"

Одна латиноамериканка с сыном случайно кивнула в ответ в качестве вежливого жеста, когда общительный и очень-очень загорелый мужчина с юга предлагал вступить в дебаты на тему пиццы как альтернативного топлива. Видно, на съедобное слово отреагировала, или же просто опрометчиво зевнула. А у самой дома ведро бобов не чищено и сальса не дотанцована. А тут еще этот мужчина с юга, что жаждал внимания. Сын ее, подросток, откровенно страдал. Ребенок уже начал смотреть на мир болезненным взглядом. Бедному мальчику чуть не передалось слабоумие воздушно-капельным путем.

А если только предположить, на секундочку: вдруг вот эти люди, а так же знаменитые ораторы сантехники, охранники и прочие дауншифтеры и правда знают, как надо и что лучше? Хотя, тоже вот секрет. Любой человек в состоянии алкогольного опьянения это знает! Ничегонеделание обязывает обладать огромными теоретическими знаниями. Но ведь кто-то тоже должен делать ничегонеделание. И они просто выполняют свою работу.

Еще осталось много важных не оговоренных вопросов, но тут подоспела нужная остановка оратора, а значит, пора подводить мировые итоги. Он хотел, чтобы его вызвали на бис. Статистически мазохистов все же не так много, даже в таком сумасшедшем городе как Нью-Йорк. Зрители аплодировали благородно и грациозно, то есть тихо и про себя, чтобы не спугнуть удачу. Многие все еще не вынимали наушников, опасаясь рецидива.

После такого в вагоне метро остались только скучные и

неприметные обыватели. Плохая девочка в "браслетике" на ноге, который не позволяет удаляться от дома на расстояние более, чем… или что там имеется в виду в исправительных целях подобных гаджетов. Так же ехал мопед. Точней мопед стоял, ехал вагон.

"Интересно, а можно запереть в метро старый девятьсот одиннадцатый Porsche? Влезет, нет?" – подумала Рада.

Еще была девушка с татуировкой на руке: "Всё б…". Окончание фразы скрывала одежда.

"Что, что она там могла написать?

"Всё будет хорошо"?

"Всё бессмысленно"?

"Всё божественно"?

"Всё березонька выслушает"?

"Всё быстро меняется"?

"Всё брат, пока"?

"Ой, всё б…, ладно, ничего не случилось, ты все равно не поймешь"?

"Всё бабарабану"? (Это как если набиваешь китайский иероглиф со значением "вечность", у мастера нечаянно рука дернулась и уже оп – "мисо суп").

"Всё б тебе желать веселья

Сердце, золото мое!

От похмелья до похмелья,

От приволья вновь к приволью

Беспечальное житье!"

Александр Блок. Ну а вдруг?

Но больше интересовало что должно быть в голове у женщины, которая себе такие тату делает. Понятно, что это Нью-Йорк. И все же, что конкретно у нее в башке? Кровь, немного костей, щепотка серого вещества, отсутствие вкуса? Так я и думала, – согласилась сама с собой Рада. – Хором поносить кого-то гораздо интересней, чем в одиночку".

"Всё б... приехали" – и Варецкая уже звонила в дверь дома у самого океана.

Георгию Стариченко в далеком тысяча девятьсот девяносто первом, можно сказать, подфартило. Когда он приехал из Одессы в американское посольство в Москве, его спросили:

– Причина отъезда?

– Выгляните в окно. Там причина.

За окном как раз в самом разгаре был путч. Слышны были выстрелы. Казалось, что очередь рикошетила в такт словам "причина, причина, причина", а гул баррикад создавал битбокс для песни перемен.

Там все стало ясно. Офицер посольства США не задавал больше никаких вопросов и воссоединил Георгия Стариченко, его вторую жену и сына Петрушу с остальной, американской частью семьи. От первой жены Гоша ушел сам. Вторая через какое-то время оставила его вместе с сыном и удалилась строить свою собственную американскую мечту подальше от русскоязычного района Бруклина.

Петруша вырос больше американцем, чем кем бы то ни было, хотя чета Стариченко и отличалась разнообразием. Он так же не причислял себя ни к одной этнической, религиозной и национальной группе, поэтому отмечал все еврейские праздники, католические, православные, День "Свободу Попугаям" и всех трудящихся, День Благодарения и китайский Новый год. Благодаря чему в Нью-Йорке ему жилось как нельзя комфортно. Впрочем, порой у Петруши все еще спрашивали, кто он согласно диплому и какую работу работает теперь. Одно другому в русскоязычном мире не противоречит. Диплом может быть по биологии и с отличием, а профессия – совершенно какая угодно, которая не требует специальной лицензии. Хотя последнюю тоже можно получить, не имея бумаги о профильном образовании.

Гоша – безнадежно скучающий аналог в цифровом мире. Петруша – двадцатичетырехлетний блогер. К соседям он мог зайти не за солью, а за флешкой.

– Знакомьтесь, это Петруша.

– Папа, перестань меня так называть! Я Питер Биззар. Peter Bizzar! – повторил тот еще раз с американским произношением.

– Disaster de jour ты мое, Питер. Ладно, я вас покину ненадолго.

– Конечно-конечно, Георгий, мы тут пока пообщаемся, как говорят в Одессе, за дела.

– Зовите меня Гоша. Меня все так зовут. А не Грегори, или Джордж. Просто Гоша! – и довольный собой удалился в кухню.

Петрушу скривило в эмоциях. Вид у него был такой, как будто его сейчас будут залюбливать без спросу.

– Папа, сейчас же прекрати разговаривать сплошными подтекстами! – выкрикнул он вдогонку. – У нас все-таки гости!

– Я только и делаю, что с утра до вечера добрею, – ответил Гоша из-за двери, а следом выкрикнул: – Вот же Жопа!

– Что-то случилось? – спросила Рада.

– Да нет, ничего, – успокоил Петруша. – Это у нас так попугая ласково зовут. Наверное опять на Радости катается верхом.

– На чем? – переспросила Рада.

— Что творит, чертяка! Нет, вы только гляньте на него, паршивца! — доносилось из-за двери.

— Радость. Наш кот, — пояснил Петруша.

— Это ненормальный кот! Это кот наизнанку! — включился в разговор Гоша, вернувшийся из кухни с кофе. — Рада, как может кот быть лысым? Я сначала думал, что это Петруша бедное больное животное пожалел, когда притащил его в дом много лет назад. Так что вы думаете? Оно выросло и так и осталось голым. Ни стыда, ни шерсти.

— Папа, это благородная порода. Сфинкс называется.

— Значит отец у тебя наполовину тоже благородных пород, — указал Гоша на свою макушку и засмеялся так, будто чихал.

— Но тебе же нравится Радость. Ты вон как о ней заботишься.

— Одуреть! Ну, как вам это нравится? А чито мне остается?

Рада окончательно развеселилась. Ей нравились эти люди и с какой любовью они изводят друг друга.

— Гоша, могу я полюбопытствовать? А еще у вас домашние животные есть?

— К сожалению еще сколопендры имеются. Но этих тварей я никак не зову. Они сами являются, когда им вздумается.

— Нелегкая жизнь в Бруклине.

— Не то слово! Ох! У меня же там блуфиш томится! — неожиданно вскрикнул Гоша и опять убежал.

— Знаете, есть у меня не самое лучшее качество: я терпеть не могу терпеть. Поэтому, Петруша, давайте перейдем сразу к делу, — обратилась к предполагаемому блогеру Рада.

Тот вдруг начал покрываться испариной. Щеки его горели так, хоть блины на них жарь.

— Приношу пардоны. Питер, — отчетливо и громко произнесла имя Варецкая. — Питер. Я так понимаю, у вас блог. Только еще не до конца знаю ху из ху, поскольку со слов Гоши ни черта не разобрать. Видимо по причине того, что сам он, как бы это выразиться...

— У папы первая ассоциация со словом КВН — это марка телевизора, чего уж говорить про интернет и блоги. Объяснять ему внятно и доходчиво, чем именно я занимаюсь — бесполезно. Ресурс TJ.com.

— Как расшифровывается?

— Total Jealousy. Абсолютная зависть. Лайфстайл, бренды, мода.

— Я бы зашифровала как Total Jerks. Журнал для Полных Придурков.

— В какой-то степени это одно и то же, исходя из концепции блога, — хохотнул Питер.

"Это хорошо. Говорит он со знанием дела. Посмотрим, работает ли он так же", —подумала Варецкая.

— Мне нужно размещать тексты. По предварительным подсчетам... много. Но для начала интересуют цифры по площадке. Посетители, постоянные читатели, другие блоги, которые делают репосты и рерайты с вашего, если делают. Одним словом, вся аналитика.

— А пожалуйста, — Питер открыл ноутбук и пару минут клацал по клавиатуре, потом развернул монитор и ткнул в него пальцем.

Они оба смотрели в экран и разглядывали данные диаграмм. Питер продолжал презентацию, а Рада внимала.

— Вот неоднократно ссылались на меня издания, если

их названия о чем-то вам говорят.

— Еще бы! Похвально.

— Вот статистика: день, неделя, месяц, — он открыл другую вкладку, — локация читателей по странам, кто сколько времени на сайте проводит, топовые клики, репосты по блогам и соцсетям…

Пока Питер с домашним прозвищем Петруша вещал, Варецкая чуть не подпрыгивала от восторга.

"Это именно то, что нужно! Что не вязалось с картинкой блога Питера так это его отношения с Гошей. Ну да ладно, этого знать не обязательно. У каждого могут быть свои непрошеные сколопендры".

— Вы прекрасно знаете и без меня, какая форма подачи заходит. Слава — продукт дорогой и скоропортящийся. Поэтому нам необходимо не просто разгонять, но и постоянно резонансить тему. Ну и здоровый троллинг никогда не повредит.

— Мне ли не знать.

— Для этого вы мне и нужны.

— Про что писать-то?

— Про модельера Пола Паркета.

— Я не в курсе кто это. А если я не узнаю имя, это мне уже не нравится. А если мне что-то не нравится – так сразу и говорю: "Тошнота".

Варецкая зависла.

"Ваше Вашество. Вот оно оказывается что. Звездой лихорадит. Ну ничего, я звездочет с опытом, и не такую Сверхновую видела. Главное, чтоб не взорвалась раньше времени. Ладно, Варецкая, наберись терпения. Быстро и легко, говорят, можно получить только по голове".

А вслух сказала:

— Вы даже не угадаете, что именно я вам хочу

предложить.

— Поводов для постов у меня всегда очень много, — фыркнул Питер.

— Сколько будет стоить ваше участие?

— Дать надо столько, чтобы было жалко, но не стыдно, — подсказал Гоша, который зашел в гостиную, держа на руках голого кота.

— Папа, не влезай в разговор, ты мой Бруклинский Рокфэллэр, с многолетней историей велфера в профессиональной карьере.

— Хто-то здесь на шо-то намекает? — Гоша поставил руки в бока. — Я не потерпел неудачу. Я просто нашел девяносто девять способов, как не заработать миллион.

— Гоша, вы не поверите. Я тоже знаю эту схему про девяносто девять способов.

— Тоже миллион?

— Как не выйти замуж.

— Рада, вы выиграли, — подмигнул тот.

— Питер, — продолжила Варецкая, — я вам дам не только поводы, а смогу обеспечить такой трафик, что как бы ваши сервера не слетели от наплыва читательских комментариев. А это уже слава. Есть у меня один хороший приятель Константин Дуров. Он занимается брендами. Охват — так по мелочи: США, СНГ, вся Европа. Пишете мне про Пола Паркета — станете первым получать информацию от Кости регулярно. Гонорары прилагаются.

Питер и так согласился бы писать про Пола Паркета, но он, будучи осведомленным игроком рынка, банально торговался.

— Будем считать, что мы договорились? — Рада встала и направилась в сторону выхода.

— Какими именно брендами, можно уточнить?

— Люди в первую очередь самые популярные бренды. А уже потом машины и трусы. Такой непрозрачный намек вам понятен, Питер? Но если хотите, можем ограничиться исключительно брендовыми трусами и постами с кричащим названием "Влияние галифе – жира на внешней стороне бедер и штанов – на либидо человека".

Питер улыбнулся, хотя было видно, что растянул рот до ушей именно Петруша.

— Я так и думала. Прелестно, Питер. На днях пришлю вам первый пресс-релиз и чек.

Гоша раскланивался, провожая Варецкую до двери.

— Как только будете в Бруклине или около него – непременно заходите в гости.

— Зайду одним глазком.

— Рада, заходите вся. Вам идет, когда вы целая.

В FaceTime высветилась моська Лактионовой.

— Ягодка моя, ты прилетела из своих Франций?

— Ага, я уже дома. У меня тут канистра кетчупа и ведро кентукской жареной курицы. Смотрю и понимаю, что лицо на логотипе напоминает Эдуарда Лимонова. Сразу же видится темнокожий с голой задницей, Бронкс и митинг. Встает такая независимая ножка и кричит: "Не пойдем вам в рот! Мы – свободные ножки!" – и заковыляли прочь.

— А вот если подумать, какое все-таки смешное слово "окорочка". Определенно лучше овсянка.

— Самолетную шутку хочешь?

— Всегда!

— Мужчина садится в самолет, тот заполнен до отказа, но место рядом почему-то пустует. Он думает: "Интересно, кто сядет рядом со мной?" Мы все так делаем, правда? Тут по проходу идет самая красивая женщина, которую он когда-либо видел в своей жизни. С лицом ангела, ноги растут от ушей. Конечно же она садится на пустующее место. Наконец, мужчина набирается смелости и заговаривает с ней. — "Извините, куда вы направляетесь?" — "Видите ли, — говорит она, — я еду в Килкари, на Съезд по проблемам секса. У меня доклад на тему 'Развенчание некоторых мифов о сексе' ". — "Каких, например?" — "Ну, например, многие считают, что чернокожие мужчины наделены большими сексуальными способностями, чем все остальные. А на самом деле это американские индейцы обладают такой уникальной физической особенностью. Еще принято считать, что лучшими любовниками являются мужчины-французы. Хотя статистика показывает, что самое большее сексуальное удовлетворение доставляют своим партнер-шам греческие мужчины". — "Разрешите представиться. Виннету. Виннету Папандопулос".

— Бугагашечка, — Лактионова улыбнулась одной бровью.

— Ты как? Какие новости? Испекла уже Олегу пироги с макарошками?

— Я представляю, что жду мужчину с фронта и покрываюсь плесенью. И он скоро хоп и заходит такой в одних портянках, без сапог и без совести. А в целом чувствую себя низкосортным хламом. Такая нудотина! Если верить физике, то стакан, по сути, всегда наполовину полный, раз он состоит из жидкости. Сложней всего забыть тех людей, с которыми ты забывал обо всем.

— У, Марусь. Смеркалось, смеркалось и высмеркалось. Харе соплячить и говорить статусами из ВКонтакте! Не хандри. Вернется твой "фронтовик". Хотя я не уверена, что в данном случае лучше. А пока выпей чаю с козинаками.

— Уже выпила йогурт – захотелось спать. Еще клизму и здравствуй, старость, лавочка, Ленка из тридцать шестой квартиры – проститутка и сахар подорожал.

— Я во Французии видела пошлый рассыпной сахар "Daddy". "Сладкий Папик"! И жидкость для снятия лака под названием "Laino". Со сладким миндальным маслом.

— Легко уберет лайно с ваших ногтей.

— Во-о-о-т! Мне нравится твой настрой. А ты помнишь, если вдруг какое лайно случается – это к лучшему, к переменам и деньгам. Вот увидишь! – заверила Рада подругу.

— Еще и книгу отвратительную прочитала ко всему прочему, – ныла Лактионова.

— Зачем тогда читала, если она отвратительная?

— Ну, а вдруг?

— Что за книга?

— Это самоубийство – читать такую книгу! "Игра в бисер" Германа Гессе. Самая нудная, самая дурная, самая ни о чем книга, которую мне когда-либо доводилось читать. По сравнению с ней "Капитал" Маркса просто "Денискины рассказы". Сначала я думала, когда же начнется Игра, потом поняла смысл и перестала ждать. Значит, думаю, глубокие идеи философские почерпну. Дуля! И радости моей не было предела, когда Кнехт утонул. Вообще хоть что-то произошло в книге, ну хоть какие-то события за триста страниц Times New Roman десятого кегля. Перелистаю-ка я "Капитал", как-то развеюсь что ли...

— Я тоже радовалась, когда он утонул. Но если бы был хит парад самых отвратительных книг, я знаю, что было бы на первом месте. Владимир Набоков "Ада, или Эротиада". Мне кажется, ее нужно дарить тому, кого ненавидишь. Она прекрасна тем, что читатель хочет убить себя уже после первых тридцати страниц текста.

— Вот это мы с тобой умные, Варецкая, что весь мандец.

— Молчи и никому не говори!

— Зато я немного отвлеклась фильмом. Только знаешь, как у нас адаптировали название "Killing them softly"? "Ограбление казино"!

— И где интрига? Как если бы Агата Кристи назвала свою книгу "Убийца судья".

С Лактионовой важно было говорить. Она пребывала в отвратнейшем настроении, но разговоры в стиле акынов "что вижу, то пою" ее отвлекали. А так ли часто разговоры друзей случаются на какие-то высокодуховные и исключительно философские темы? От болтовни в стиле поиска смысла жизни хочется пойти окунуть лицо в фарш, чтобы освежиться. Именно в простых разговорах есть дружба. Когда не замечаешь, что прошло четыре часа и все еще есть о чем дружить.

— Кстати, в связи с ядреным солнцем и дурацким морозом всерьез подумываю о покупке горнолыжной маски. А то совершенно не в чем на улицу выйти. Солнце шпарит, на градуснике минус страшно сколько. Обычные солнцезащитные очки просто примерзают к лицу, — сказала Маруся.

— Розовую бери, гламурненькую. Ой, ржаку расскажу! Древнее название города Лион знаешь какое? Лугдунум. Представляешь Новогоднее обращение мэра к жителям города? Дорогие лугдунумцы!

— Сдуреть! Город орков какой-то. Священная чаша с эликсиром там в подземных пещерах мудрого старца спрятана? Но ты там нашла себе французика посимпатичней?

– Да ну их, картавых. Этим гоблинам никакой эликсир не поможет. Наука бессильна. Тут только эволюция может исправить. Они юмора вообще не понимают. Сами не шутят и другим не дают посарказничать. Прилип француз один. Говорит, ты такая красивая, пошли ко мне домой… в душ. То есть, у нас зовут к себе кино смотреть, в Штатах на кофе, а тут в душ. Вспомнилась "Ирония судьбы или с легким паром": "Какая баня, у Лукашина есть своя ванная". Ну, хоть как готовить артишоки не спрашивал, и на том спасибо. Я вот что думаю. Французы времен тысячу восемьсот двенадцатого года, отморозив себе все, что только можно, как-то генетически передали это своим потомкам.

– Выглядят не очень?

– Не то слово, – сказала Рада.

– Тогда чур их чур, таких европейских.

– По сути дело даже не во внешности. То есть вообще не в ней. Спрашивает один: "А что это за сеть ресторанов такая в Украине 'Пектопа'?" – "Нет такой сети ресторанов" – отвечаю. – "Но повсюду же вывески 'Пектопа'!" Заставила я его написать это слово. Ресторан оказался.

– Ну да, ну да, а на входе там еще окспаха стоит. Которая охрана.

– И вот, продолжаю мило с ним болтать. На его же на хрянцузском. И тут, спустя время, мсье начинает что-то подхамывать. А я с детства хамства не переношу. Ответила ему чуть-чуть матами, дескать не принято подобное с дамами. Так эта морда наполеоновская цветов мне притащил в ответ. Это я к чему. Что за манера у мужчин, по ходу интернациональная. По-хорошему – на голову садятся. А я с детства тяжелого не переношу. А как рявкнешь – так вот тебе цветы и тише тише, ма бель малыш. А я уж очень цветы люблю. На любом языке. Это все прям очень напоминает мне мой фикус. Когда я заботливо поливаю растение специальным питательным раствором, переставляю с места на место, дабы ж ему не холодно и не жарко – Леонид, так его зовут, начинает чахнуть. А если забываю про полив, случайно уроню с подоконника или уже подумываю выкинуть, так эта сволочь расправляется, зеленеет и растет. Мой фикус – обычный мужик. Хотя, знаешь, наши мужчины – самые лучшие. А у меня есть с чем сравнивать. Даже при всей авторитарности бытия, наши все еще подают руку, придерживают дверь, всегда готовы помочь дамам, даже тем, кто ой-бабы. В самолете, когда из Киева в Нью-Йорк летела, трое ринулись доставать мой чемоданчик из отсека сверху. И фиг бы кто другой, американец или, прости господи, француз, даже глянул, даже предложил, увидев как я куевдаюсь с ручной кладью, я, маленькая и хрупкая женщина. А тут сразу трое.

– Молодцы наши дядьки! И вот такое им спасибо, чтоб даже на хлеб намазалось! – Лактионова расставила ладоши в стороны на ширину плеч.

– Ну и что, что зачастую это сопровождается "А вашей маме зять не нужен?" Зато без налета приверженцев ни дай боже феминизма. Не того, что за равноправие нолей в зарплате. А феминизм, в котором каждый сам за себя. Я вообще считаю, что подобную дурость придумали социально фригидные мужчины.

– Это у которых нынче странички в Facebook нет? – засмеялась Лактионова.

– Ну, будем считать, что так. О, Господи, Марусь! Как

143

же вдруг резко захотелось семечек! Но пока их тут куплю, к тому времени уж и не надо будет. Пойду что ли скручу глянец да сыром туда поплюю.

— Рада, как-то все не то, все не так…

— Лапуль, ты выкинь дурное и не думай. Оно само решится. А если не решится, тогда снова возьмешь и будешь решать.

— Все! Довольно кошмарить тему. Уж как-нибудь да выйду из положения.

— Выйти из положения — это роды. А ты для начала хотя бы на улицу выйди, проветрись. Заодно поможешь мне, ибо больше некому.

— Выкладывай.

— Маруся, абсурдность в Украине достигла апогея!

— Ты меня сейчас вообще не удивила.

— "Укрпатент" предоставляет возможность онлайн регистрации торговой марки и любой интеллектуальной собственности. Казалось бы нормально, да. Интернет добрался и до госструктур. А теперь внимание! Для пользования онлайн системой нужно составить договор на "Участие в исследовательских процессах подачи заявок на объекты интеллектуальной собственности в форме электронного документа". И что бы ты думала это значит?

— Я сбилась со смысла еще на слове "заявок".

— Чтобы иметь возможность зарегистрировать торговую марку онлайн, нужно сначала подписать договор и отвезти его! А мне нужно права на два имени оформить. Я рыдаю!

— Отвезу.

— Вот за что тебя люблю, Лактионова, что ты не устраиваешь ненужный опросник. Кстати, тебе это очень может быть интересно.

— Собираешься приехать? Мне именно это как раз было бы очень интересно. Можно уже слюнявчик надевать?

— Да! И да, собираюсь скоро приехать.

— Я вся в предвкушении! По делу или побаловаться?

— Баловаться по делу. Проект один интересный. Тебе очень понравится. Предлагаю поучаствовать. Есть такой модельер Пол Паркет. Именно для него нужно зарегистрировать торговую марку. Ты стоишь? Лучше присядь.

— Уже.

— Тогда ляг. Это сумасшедшая авантюра ради благотворительности. Продажа подержанных вещей как тренд. Аудитория, так чтоб быстро обрисовать, различные Пуськи и Муськи. Они покупают одежду от Пола Паркета, не зная, что она на самом деле переделана из секонд хенда. А вырученные от продаж деньги мы отдаем тем, кто в них очень нуждается и в буквальном смысле жить без них не может.

— Ничего себе! Варецкая, секонд хенд с отрезанной фирменной этикеткой и пришитой новой это вообще, на секундочку, как – подделка?

— Отнюдь. Считай это безотходным производством текстиля, – улыбнулась Рада.

— А как же нарушение копирайта и юридическая ответственность за такое все. Ты об этом подумала?

— Я тебя умоляю! Это секонд хенд! Причем, переделанный, перешитый и частично модифицированный. Лактионова, ты только представь Пусек и Мусек, которые в едином модном порыве будут грести трендовые одежки!

— Вот ты зараза моя ненаглядная! Знаешь на что надавить. А то я уже замахалась следить в Instagram, как они Олега блинами кормят. Но зачем тебе в этом проекте я?

— Элементарно. Мне нужен сбыт. У тебя есть сеть шоу-румов. Так же мне нужен интернет-магазин бренда. И совсем скоро ты сможешь закрыть свой кредит.

— Звучит заманчиво.

— Это да?

— Ой, не знаю, Рада. Это очень рискованно. Я не до конца понимаю ответственность за подобное.

— Лично у тебя ответственности никакой. Ты продаешь у себя одежду об изнанки производства которой не знаешь.

— Как же не знаю? Знаю.

— Потому что я тебе сказала. А как бы это все происходило без меня? Ты натыкаешься на супер бренд, договариваешься о ритейле, поставляешь, продаешь, зарабатываешь свой процент. А тут ни с кем договариваться не нужно. Только соглашаться. Рано или поздно ты бы все равно на него вышла и захотела выставить в шоу-руме.

— Не факт…

— Факт. Все, что я делаю — или хорошо, или вообще не берусь. В данном случае я главный двигатель проекта. Пол Паркет — мой клиент. А это значит что?

— Что?

— Рекламу твоих шоу-румов я беру на себя, точней угадай, в каких блогах они будут упомянуты.

— Да мало ли в каких.

— Вот именно. А если я тебе скажу, что одно только упоминание твоих шоу-румов и в украинских, и в американских медиа повысит твои доходы в разы. В случае твоего согласия в проекте Пол Паркет разумеется.

— Подожди, так блоги или медиа, ты меня запутала.

— Это одно и то же. Если вкратце, любое средство массовой информации онлайн, по сути, блог. И он же в свою очередь для многих — средство массовой информации. Пола Паркета будет раскручивать человек по имени Питер Биззар. Знаешь такого?

— Нехило. Питер Биззар? Конечно знаю. Я подписана на него в Instagram. Ты серьезно?!

— Более чем! Считай, уже решено.

— Варецкая, это совершенно меняет дело! Что ты раньше не сказала? Хотя, не отвечай. Да я так все три кредита закрою. Рада, ты меня обрадовала. И не только тем, что Пуськи и Муськи наденут непотреб — это мне прям бальзам на душу. Так еще и Питер Биззар! Я даже не рассчитывала! Спасибо!

— И есть за что, — засмеялась Рада. — Кстати, для Витон тоже есть сюрприз приятный. Жениха ей нашла. Во Франции.

— Ты же говорила, что французы не але. А Митровитону втюхиваешь?

— Этот наш. Просто живет во Франции. Замечательный мужчина. Дала ему номер Витон.

— А она в курсе?

— Она уже в доле. В восторге и от фото и от моего рассказа о Бобе. Дальше они уже как-нибудь без меня разберутся.

— О, боги! Он же Гога, он же Жора?

— Вроде того, ага. Сплошь одни хорошие новости для тебя сегодня. Рада рада стараться.

— Один вопросик.

— Легко.

— Почему в Украине регистрировать торговую марку хочешь?

— Да банально налоги у нас меньше.

— Поняла. На связи. Маякну, как сделаю ТМ.

— Целую голову! Отключаюсь.

А следом Рада отправила сообщение Максу Оскару:

— Начинаем. Готов?

Тут же пришел ответ:

— Все готовы. Паша наложил в штаны от счастья.

— Как проветрятся — жду в Нью-Йорке. Через две недели мне нужны эскизы. Через полтора месяца — готовые две коллекции весна-лето и осень-зима. И чтобы никаких модностей за гранью и ляпов мужского стиля вроде безрукавной майки в сеточку, барсетки и бридж ниже колена. Когда не понимаешь, так все-таки это короткие брюки или длинные шорты. Вся техническая часть по переделке одежды с контактами помощников у тебя уже в почте.

НА ДУШЕ ПРЕЗЕРВАТИВ

Американцы не претендуют на женщин. Звонят, интересуются делами, водят выпить и покушать, но не претендуют. Поскольку личное пространство и время положено уважать.

Хотя, если честно, все дело в контракте на брак. Разводиться в Штатах очень дорого, особенно если у тебя все хорошо. И это даже не брачный договор, а обычное такое соглашение любить и оберегать пока смерть не разлучит. Так установлено законом. Не разлучила и желаете на свободу – плати за выход из обязательств.

Вообще семьдесят процентов разводов происходит по инициативе женщин, хотя по идее они больше заинтересованы в браке. И дело не в счете в банке, но случаи конечно бывали. Только брак по расчету это еще и когда есть на кого рассчитывать.

В Нью-Йорке люди могут оставаться вместе по совершенно разнообразным причинам: наличие ключа от приватного парка, уютный привычный бар по соседству, не говоря уже о квартирном вопросе и нежелании паковать вещи для переезда. Тем не менее, каждому нужна любовь, что бы там ни говорили и с кем бы ни кончали. А чтобы ожидание не казалось слишком одиноким — пережидают в паре. Носят ношеное и пользуют брошенное. Не исключено, что твоя пара в это время тоже ищет себе пару, с верой в лучшие времена, которые магическим образом как шарахнут, что от счастья аж поперхнешься, так его много. Некоторые конечно пережидают в паре до самого пожеванного возраста, успев обзавестись детьми, кредитами и совместным местом на общественном складе — арендованном небольшом помещении, где хранятся различные ненужные вещи, не умещающиеся в квартире. Просто в городе напряженка с балконами, гаражами и дачами.

К примеру, с оператором мобильной связи "Трубадур" подписан контракт на два года. Стандартный период аренды жилья — год. И потом, при желании, можно продлить. Такая система. Но если говорить о браке, контракт не истекает никогда. У него нет срока годности. Разве только до наступления стадии, когда друг от друга звереешь. И то не факт.

Через два года контрактных обязательств бесплатно получаешь тот телефон, которым пользовался. Или его можно поменять на новую, обновленную версию, или вообще другую модель. После развода начинается дележка имущества. Не зря говорят, что жениться плохая примета. Денег не будет.

Возможно как раз поэтому очень много мужчин-тугодумов. Попадаются какие-то любовные нищеброды, в том смысле, что скупердяи на любовь. Хотя купить можно только любовью. Такие скажут комплимент, о, да хоть клише про красивые глаза. А потом прибавляют: "Но это без всяких дурных мыслей". Как человеку с нелогичной логикой, то бишь женщине, понять — это без каких дурных мыслей? Не придется шить на ощупь джинсы в темном ресторане? Черепашку не оденет в латекс? Не побреет подмышки в форме сердечка? А может, как раз дурных мыслей и не хватает. И цветов. Много-много ирисов.

Телефон засветился и запрыгал по столу. Звонил претендующий ухажер. В конкурсе идиотских вопросов он бы взял гран-при.

— Рада, из Нью-Йорка в Японию долго лететь. Я летал.

— Милый, не так уж и долго, часов пятнадцать всего.

— Ты летала из Нью-Йорка в Японию?

— Нет. Я не была в Японии.

— Так а откуда ты знаешь, что пятнадцать часов лететь? Ты летала из Нью-Йорка в Японию?

— Нет, я не летала в Японию. Вообще ниоткуда.

— А откуда ты знаешь?

"Случаются ж кому-то сказочные герои!"

Варецкая молчала из последних сил.

"Оставайся таким же, там же и не звони мне больше! Рассказчик-задушевник под очередным порядковым номером. Глупость переупрямить невозможно, а научить бесполезно. И есть же такие безупречные идиоты, совершенно не к чему придраться. Как говорится, если у мужчины что-то чешется, он всегда это почешет. А если нечего чесать — тут уж, мать-природа, извини. Будешь умным. Ой, ум только что последний забрали. Когда еще завезут — неизвестно".

И тем не менее вежливо попрощалась, сославшись на легкую беременность — верный и проверенный способ любезно отделаться от непрошеных воздыхателей. Он не в том возрасте, чтобы просить у него в долг крупную сумму — тоже старый добрый метод. А то еще даст ненароком.

Телефон снова ожил, но на этот раз сообщение.

"Надо полагать, в сад человек добрался хорошо и теперь решил оповестить", — подумала Варецкая.

Чтоб да, так нет. В этот день ей феерично везло.

— Скрасишь мое одиночество? — обрушилось новое непрошеное бородатое счастье.

"Иж ты! И для какого сумасшедшего и безудержного веселья я, спотыкаясь и срывая на ходу трусы, сорвусь самовывозом на семь минут любви?"

— Предлагаю сначала классику и орал, — сходу предложил прикоснуться к своему великому осеменитель.

"Поцелуйте меня в Гринвич! Ты смотри, такой милый! Прям хочется сразу взять и отсосать!"

Рада держала паузу и молчала.

— А потом куда кривая любви заведет, — осмелел и воодушевился гений соблазнения.

"Обсикаться от умиления, хоть надевай футболку с принтом 'Осторожно, хорош в постели'!" — подумала Варецкая.

Но ответила:

— Классика и орал — это суши и караоке.

И на что только рассчитывал этот половой гангстер, делая такое предложение, непонятно. О том, чтобы принять призыв на потрахульки — не было и речи. А потому следом она отправила еще одно сообщение краткого содержания: смайлик. Универсальный знак, позволяющий передать улыбающееся настроение, но в данном контексте, конечно, вежливо отправить на остров заблудших мужчин.

Позже Рада получила от другого неинтересного мужчины с ямочкой в лице ряд сообщений, а точней семнадцать штук, с целой тирадой:

— Рада, я же тебе дал свой номер, а ты мне не звонишь, почему ты мне не звонишь, ведь ты же сказала, что позвонишь, я просто так свой номер не раздаю.

Выдохнула. Поржала. И написала:

— Ты чего истеришь, милый?

— Я между прочим целых две недели молчал, ждал! Я много думал о тебе.

"Много? Устал наверное?"

Поговаривают, зануде проще дать, чем объяснять, почему он зануда. Но давайте спрячем шоколадного коня от именинника, чтоб заранее не возрадовался. Вообще-то этот был ничего мужик. Разве что психованный малость. Видно по ошибке заразился от кого-то точь-в-точь женским знаменитым "ничегонеслучилось", потом надуться, обидеться и громко сообщить об этом много раз. Но у него нечего было перенять, даже насморк. Поэтому Рада не спешила уединиться с ним в Малых Херах, в каком бы районе Нью-Йорка тот не жил.

— И все равно я верю, мы будем вместе всегда! — пришло Раде последнее сотое сообщение.

"Вот те на! Испортил настроение окончательно. Господи, и где ж я таких ранимых-то нахожу. Хоть тереби, хоть на лоб намазывай. Одни физические лица вместо человеческих. Где ж эти-то, как их... Мужики! Агу!" — намеренно проговорила в голос Рада, чтобы хоть как-то сбалансировать уровень тестостерона вокруг.

А про себя подумала: "Мои дорогие бывшие мужчины. Вы такие классные! С нормальным восприятием действительности и не звонками каждые полчаса. Вы не говорили "мы" на втором свидании. И не собирались знакомить меня со своим папой после первого. Вы не писали мне, что соскучились сразу, как только закрывалась входная дверь. Вы не рассказывали мне свое расписание на месяц вперед и не посвящали в свои детские проблемы и переживания через час после знакомства. Вы не были гиперактивны. И у вас были нормального размера зрачки каждый день. Вы были мужиками и не спрашивали, как у меня дела по пятнадцать раз в день. И не сюсюкали. Вы были по-нормальному чокнутыми, в меру заносчивыми задницами и с адекватным страхом перед ответственностью. За что и любила. Пусть вы будете здоровы".

Сначала она хотела написать стих. Но рифма не шла. Ничего не звучало с ААааааАААAaaaaaaaaa! Казалось, что окружали одни идиоты. Хоть желание загадывай. И настроение скатилось в сторону Нижнего Уныла. За окном было паршиво. В холодную погоду хочется с кем-то жить. Так теплее. Как минимум для тела.

"Если назвать некоторых людей их же словами паразитами, то получится, что я общаюсь с Послушай, Жопка, Да Ладно, Инструменты, Соответственно, Ок, А Что Ты Ела На Обед. И зачем я вообще с ними разговариваю", – подумала Рада.

Одно к одному все, короче. И вот уже началась истерия и массовые рассылки про Новый год. Дед Мороз ведь работает только сутки через триста шестьдесят четыре. Сидит там себе спокойно в Великом Устюге, с оленями играет, вату на лице приглаживает. Елки еще не взошли, игрушечные шары не выдуты, полон дом каких-то пучеглазых зайчиков и дорогих трусов женских размера Элечка, указанных в заказном письме из Ужгорода на праздник. Пугачева уже не та, ну куда ей в телевизор с Максимом мишуру весело жевать да ситром запивать. Старый человек Дед Мороз. У него даже не дочка, а внучка сразу родилась. А ввиду отсутствия сегодня в домах дымоходов, Дед вваливается в голову, вместе с шампанским. Вот до чего сила мысли дошла. Мудрый Мороз. И горелую бумагу жевать при этом не обязательно. Просто желания и так сбываются. Хотя с проглоченным желанием уж наверняка. И не стоит Деда теребить почем зря. А то ему еще мешки тяжелые переть и перегар на себя наводить в поддержку социальной программы во спасение детских организмов от праздников. И трусы размера Элечка в Ужгород не забыть доставить.

Варецкая накатала письмо последней инстанции.

"Дорогой Дедушка Мороз!

Наверное, ты что-то напутал. Множественные оргазмы и притворяться дурой — это все, что у меня есть. Проверь пожалуйста почту еще раз. А дальше я уж как-нибудь сама.

Целую голову.

С уважением,

Я".

Если думы разные лезут в голову — мойте полы. Если не сходится дебет с кредитом — мойте полы. Если он вам долго не звонит — мойте полы. Продолжайте мыть полы даже когда он звонит, пускай ждет и мучается! Если дедлайн был еще вчера, а воз и нынче там — мойте полы. Если на улице дождь, а обнимать рядом некого — мойте полы. Если дочитали книгу, а новую начинать сразу не хочется – мойте полы. Если коллеги дураки, клиенты болваны, незнакомые люди и те кажутся такими же – мойте полы. Если мечта сбылась, а новую еще не придумали – мойте полы. Потому что после мытья полов обязательно захочется в душ. А все гениальные мысли и решения приходят именно там.

Что Варецкая и сделала. Помыла пол, потом помыла себя. Накормила соседку–американку макаронами по-флотски. Так сказать, морально подготовила ее к драникам. Накрасила себя и ушла в ирландский паб окружиться незнакомыми телами, в скопище мужчин приятной наружности на американских просторах, чтобы побыть в толпе одной и усмирить внутренний говнометарий. Между сделать и пожалеть лучше выбрать ничего не делать. Чтобы потом не пожалеть. И молчать. В любой непонятной ситуации лучше молчать. Если хочется ляпнуть – держать себя в руках, что есть мочи терпеть, но молчать из последних сил. Поскольку пожалеть после слов можно еще больше. Потому что уши у мужчин крайне чувствительный орган. Чуть расслабишься, про режим "дура" забудешь на минутку, пока разговор интересный идет, или если шутку придумала. Вообще, шутить, будучи женщиной, крайне сложно. Обязательно обзовут. Или феминисткой или умной. И хохочут. А как только мужчину рассмешишь – он обязательно хочет тебя трахнуть. Совершенно невозможно жить в такой обстановке. Это же, тьфу-тьфу-тьфу, еще чего зашутишь до анафилактического припадка. А мужчина пошутит – так сам и радуется. Будто бы за шутками характера не увидать, ха!

Зато мужчины могут самостоятельно забить гвоздь или фаллос. Зависит от настроения. Поскольку одновременно крайне сложно. У мужчин ведь тоже бывает ПМС. Только имени ему нет. Мужскую истерию не принято оправдывать именами, кроме Jack Daniel's. У Джека есть приятели Джонни и Джим. Они хотели бы быть братьями Джека, да рылом не вышли.

Если в Манхэттене заорать: "Тааааксиии!!!", то оно реально останавливается. Хотя, если громко крикнуть, оно в любое время останавливается. В Манхэттене на любой ор только такси и останавливается.

Город выглядел так, будто на него стошнило Деда Мороза, то бишь, Санта Клауса. Паб был украшен рождественской мишурой и хорошо подпитыми посетителями. В скопище стоял он и вздыхал. А Рада с детства не могла видеть, как большие и сильные мужчины вздыхают. Весь блондин с голубыми глазами. Все, как Рада не любит. Ей блондины почему-то кажутся ненадежными. Ее Ангел Хранитель вообще любитель повесе-литься, раз творит такие ляпсусы.

– Меня зовут Эдд.

"Эдик? О, Господи, мужчину зовут Эдик? Серьезно? – Варецкая подняла голову к потолку. – Только этого мне еще не хватало".

А ответила:

– Редко встретишь хорошего человека.

– Мне нравится твой рост.

– Я сама росла, представляешь! – улыбнулась Варецкая.

– О, правда? Это потрясающе, – подмигнул блондин. – Мне кажется, рост у мужчины и женщины не должен сильно отличаться. Поскольку это интересно иногда послушать, что женщина говорит. В противном случае я ее просто не слышу, оттуда далеко снизу.

Эдд Болингброк был англичанином с красивой фигурой и ростом в метр восемьдесят. С таким очень удобно носить каблуки и кидать пошлые шуточки.

Обычно, когда человек не умеет говорить по-английски, то начинает громче все произносить, обильно жестикулировать, пучить глаза, жонглировать бровями. В общем вести себя как бабушкино варенье с амфета-минками. Точно так же выглядит человек, когда не умеет шутить. Хороший юмор — он как качественный коньяк, который не сделать с помощью резиновой перчатки, свеклы и краника для самогонного аппарата.

У Болингброка с юмором было все на высшем уровне, чем выразительно и отличался.

— Я тут недалеко живу. Мы могли бы выпить кофе или еще что-нибудь, — предложил Инглишмен ин Нью-Йорк.

— Или еще чего-нибудь?..

— Ну, эм…то есть… ну да…

— Только если сможешь правильно произнести мою фамилию, — сказала Рада.

Она и так бы согласилась, но хотела немного по-дразнить. Иностранную фамилию не сложно произнести, но не так легко запомнить, особенно после нескольких бокалов сразу после нескольких бокалов.

— Em.., oh, bloody arse…

— Не мучайся. Просто скажи "bloody" еще пару раз и давай выпьем кофе или еще что-нибудь. Зови меня просто Боб.

Он не согласился и в нервно-любовном порыве выучил еще семь слов на незнакомом языке. А потом взял Раду за руку и потащил в переулок на Второй авеню и Сорок четвертой улице. Прямо к себе в дом, что находился рядом с Организацией Объединенных Наций, чтобы организовать объединение наций.

По дороге он уже неплохо коверкал такие слова, как "жвачка", "привет", "спасибо" и понимал "ай, волосы прищемил, дурак!".

Там, в Мидтауне, сгреб в охапку и больше не отпустил. Рада не сопротивлялась.

— К слову, я богатенький мальчик.

— А я терпеть не могу готовить. Так что не переживай, у каждого свои недостатки.

— Откуда ты взялась такая?

— Из Киева.

— Надо съездить в Киев.

— Зачем? Я же здесь.

Ей нравился английский акцент и охапка. Хотелось, чтобы знакомство было доскональным: снимай штаны и айда знакомиться.

— Извини, у меня дома бардак.

— Без проблем. Главное, чтобы в голове бардака не было.

— О, на этот счет можешь быть спокойна.

На следующий день они наелись жутко вредных и от того вкусных пончиков, которые Болингброк заботливо притащил в кровать вместе с кофе и своими первичными половыми признаками.

В квартире на Манхэттене не было горячей воды. Не веря, Рада продолжала морозить руки под краном. Готовую разреветься и всю в глазури от пончиков Болингброк утащил обратно в кровать. До вечера. Пока не дали горячую воду. И не привезли "суицидальный сэндвич". Так прям и назывался, ага. Хотя Рада думала, будет каша из топора. С виду такой обычный, без малейшего намека на подвох. А потом началось! Варецкая краснела, вздрагивала и плакала все время пока ела. Потому что ну очень остро. Наверное все виды перца, которые только можно представить. Но невероятно вкусно! Болингброк тихо охал в углу и тоже продолжал жевать.

"Прям как в том индийском ресторане, — вспомнила Рада, — когда я ела суп и плакала прямо в него. От чего самый вкусный суп все никак не заканчивался".

— А это что за сундук?

— Это плейстейшн, Рада.

— Я ни разу в жизни не играла в компьютерные игры. Можно попробовать?

— Конечно. Держи джойстик.

Прошло два часа.

— Как достать пушку, чтобы Иннокентий Степаныч отстрелял засранцев и потом скрылся от полиции? И как рулить и одновременно стрелять, чтобы забрать эту гребаную яхту?!

— Кто такой Иннокентий Степаныч?

— Один из главных героев — Франклин. Но я зову его Иннокентий. Он сбивает все столбы в городе и поэтому вечно прет на побитой тачке. Не бойся, это же игра. В жизни я так не вожу.

А потом они ходили в паршивый театр. Вообще, давно замечено, что театры, в которых плохие и режиссеры, и сценаристы, и актеры, то последние в итоге помногу и подолгу по полу ползают. Одно утешение — в Нью-Йорке на представлениях, как правило, можно пить прямо в зрительном зале. Бродвей со своим мюзиклом по мотивам "Волшебника Страны Оз" с восхитительной постановкой и фирменным коктейлем "Озмополитен" ерунда по сравнению с перформансом начинающих творцов. Это как если пройти по туристическому маршруту или никем не изведанным злачным местам. На сцене – барышня, как потом выяснилось, недавно родившая. Решала уравнение из квадратного корня, а потом села на пол, задрала футболку, приладила молокоотсосник и начала качать. Реально появлялось молоко. Станиславский при этом, наверное, весь извелся. И даже хорошо, что перед входом не продавался попкорн, которым и без того легко подавиться. Но было весело. И как-то очень тепло с Болингброком. Несмотря на то, что холодно и зима. И что он встает в пять утра. Работа такая. Финансовая. Он умный. Не орет на бирже, но занимается чем-то подобным околофинансовым. Очень непонятно, отчего умно вдвойне.

Обычная нью-йоркская ночь. Двое и собака.

– В доме есть что-то шоколадное?!

– Да, там в холодильнике мороженое, – ответил Болингброк.

– Шоколадное?! Мне срочно нужен шоколад!

– Да, именно такое, – ржал мужчина.

И правда. Мороженое. Шоколадное. В шоколадном стаканчике. С шоколадной стружкой. На радостях Рада сожрала два. Не смотря на этикетку про состав и прочие гадости в этом прекрасном продукте в обычном американском ночном холодильнике.

Это так важно, когда вдруг хочется шоколада и именно он есть в доме. Ни один мужчина еще не делал ее такой счастливой. И что бы там не говорили, не нужен высокий–красивый–умный–богатый–перспективный–сексуальный–романтичный–сукин–сын. Каждому подавай своего раздолбая. И теперь Варецкая вся довольная ждала, когда слипнется. А собака Болингброка доедала ее меховой валенок. Тоже очень радостно чавкала.

На следующее утро Болингброк ушел на работу, оставив Раду в своем жилище опять, и даже ни разу не разбудив. Исключительно тихий и удобный мужчина. Только положил записку на подушку: "Varetskaya, you're so hot!"

Рада побродила по квартире в поисках своих трусов. Хоть счастливые трусов и не надевают. Нашла на торшере. А рядом на полке – словарь рифм. Сварила кофе. Полистала книгу. И дала рэпака, гапака, моряка, буряка, грузовика, замка, двойника, еретика, гусака, дурака, весельчака… И отправила Болингброку сообщение сплошь из рифмованных прилагательных.

Хочешь?
Зимой – бабу снежную,
Заботливую, прилежную.

Хочешь?
Весной – бабу нежную,
Красивую, безмятежную.

Хочешь?
Летнюю, странную,
Нелогичную, ураганную.

Осеннюю, хочешь? Счастливую,
Прозорливую, неторопливую,
Бережливую, неприхотливую.

И вне силы природы,
И при любой погоде.

Хочешь?
Веселую, страстную,
Разную, прекрасно-опасную.

Кокетку, милую, дружную,
Дурочку, свою, нужную.
Хочешь?

Тут же крякнул ответ: "Не уходи из квартиры. Скоро приеду. Будь голой".

Тем временем Рада включила в телевизоре отвратительную программу "Я подаю на развод" по "Первому каналу" через интернет. Расчет был прост — подремать. Фигушки! Эти передумавшие брачеваться так орали, что сон материализовался в бутерброды. И стало интересно! Даже прослеживалась тенденция: главным аргументом в пользу мужчин указывали не-пьет-не-курит-матом-не-ругается. А потом вдруг бац, вторая смена, начал кушать мозги, макая их в кисло-сладкий соус. Стал другим и вообще в жопе заводной ключик. А женщина не вынесла и у нее васаби скисли. От тихих скандалов, в которых мат не участвует, взрываются банки.

Позже в программе появилась новая героиня. Лупит свекровь мокрыми тряпками и крутит из пальцев неприличные знаки. Но все заканчивается хорошо, вот уже в третий раз. Ведущая — Оксана Пушкина. Она своим голосом кого хочешь загипнотизирует. Дай ей новости читать про ядерное оружие и колорадских жуков — прям только жалость к этим протонам да тварям картофельным будет. А потом она снова женит физика на дихлофосе.

Пришел Болингброк. Весь день боролся с мыслями о

163

Варецкой. Припер цветы, романтик. Рада любит, когда мужчина держит слово. Сказал ирисы, значит выбрал на свое усмотрение. Решил проявить верх мужской преданности и обожания. И начал колотить блины. Не каждый способен на такое, оценила Варецкая. После трудного и долгого рабочего дня блинов хотелось вдвойне. Болингброк спросил, в чем суть программы. Рада выключила.

— Я не могу позволить тебе так морально разлагаться. Тебе еще мир спасать.

"О боже! Чуть не поломала мужчину!" — в ужасе подумала она.

— Ладно, — сказал Болингброк, — тогда включи какую-нибудь легкую болтовню. Пусть фоном будет.

На канале Animal Planet шло реалити-шоу "Мой Кот Из Ада" В новом эпизоде главный герой занимается парашютным спортом и у него есть два питомца: домашняя и гибрид домашней и дикой кошки. Гибрид особенно любит играть с парашютами, домашняя же кошка просто катается на кухонной вытяжке. Главный герой очень расстроен. Его жизнь кажется невыносимой и он боится, что в один момент парашют не раскроется, а вытяжка рухнет ему на голову, пока он будет готовить еду для любимых мимимишных питомцев. Проблематика шоу нарастала и развивалась по классическому сценарию. А именно. Главный герой не знает, как жить дальше. Он страдает. Его не спасает даже психоаналитик. Но есть, о чудо, мастер-спаситель он же ведущий программы, который придет и научит обращаться с кошками. Только он может вернуть жизнь главного героя в нормальное русло вместе с его питомцами и научит их быть счастливыми. А дальше сразу первый совет от мастера по поведению кошек — больше гулять с ними. Потому что кошки этого заслуживают.

– Пусть лучше будет спорт? – Варецкая переключилась на канал, где показывали прыжки с шестом.

– Это очень интересно…

– Окей, оставляю.

– Я о другом. Вот прыжки с шестом, да?

– Да, – кивнула Рада.

– Это ж человек осознанно захотел этот вид спорта. Сам выбирал. Теннис? Нет! Футбол? Категорически нет! Синхронное плаванье? Ребята не поймут. Бокс? Возможно. Атлетика. О, вариант! Ты представь только. Приводят родители маленького карапуза в спортивный кружок. А им тренер по всем видам спорта и говорит: "У вашего сына крайне развита прыгучесть. Вы не думали его на прыжки с шестом отдать? Так сказать в большой спорт". И вот он вырос, знакомится с девушкой в баре. Она его спрашивает, чем занимаешься? А он такой грудь выпячивает, плечи распрямляет, и гордо вдаль: "Я – спортсмен. Я прыгаю с шестом!"

– Ты такой дурак! Мне нравится! – Варецкая подошла и обняла мужчину в муке.

– Рада, ты видела дома яйца? – тот провалился в холодильник почти весь.

– Я не жила с мужчиной, – ответила Рада.

Болингброк хихикнул в дверцу, прямо в кетчуп, вылез из холодного хранилища уже с яйцами и начал колдовать. Блины не хотели быть блинами. Мужчина пек комочки.

– Подожди. Давай спросим Siri, где тут поблизости есть блины.

Рада включила на телефоне голосового ассистента.

– Okay, Google.

– Очень смешно, Рада. Не то, чтобы прям ха-ха,

оборжаться, но смешно.

– Ладно, ладно, Siri, успокойся. Я шучу. Найди блины.

– Я не знаю, что это означает. Если хочешь, я могу начать искать слово "думать".

– Блины.

– Я не понимаю "каторжник". Но я могу начать поиск этого слова в интернете.

– Да нет же, глупая идиотка Siri! Блины!

– Рада, не выражайся, пожалуйста. Это обидно, – ответил голосовой ассистент.

Болингброк свернулся вдвое от смеха.

– Вспомнила где есть блины!

Варецкая вытолкала его из квартиры и повела есть нормальные блины. Без комочков и с икрой. В русский ресторан.

Официант принес хлеб и чеснок. К блинам.

– Это что? – Рада тыкала в поднос.

– Это хлеб. Но можете считать это закуской, – спокойно ответил официант и ушел.

Через двадцать минут, когда Болингброк на радостях от неожиданности вкуса сожрал весь Бородинский с салом, официант принес долгожданное блюдо. Блины – отдельно, начинка – отдельно, и поставил на стол со словами: "Вам помочь?"

– Спасибо, голубчик, дальше мы справимся сами, – ответила Рада.

А Болингброк уже уплетал правильное блюдо без комочков и не давился. А на щетине у него задорно висели красные икринки. И шевелились в такт чавканью. Такой милый. Насквозь пропитавшийся чесноком и салом. Антибактериальный мужчина. Продезинфицированный. Находка для любой женщины.

"Очень любопытный мужчина. Несмотря на то, что блондин и Эдик", – подумала Рада.

А еще подумала о том, что никогда не хотела миллион роз. Или шестьсот. Ни даже сто. Не только потому, что не любила розы. А потому что миллион – четное число. Несчастливое, мягко говоря.

"Я уже слышу, как у него в яйцах звенит и уши наливаются. Да, я – старомодная и пошлая: я люблю, когда мне дарят цветы. Цветы – это неотъемлемый атрибут. Не в горшке. Не электронные на картинке, прикрепленной к телефонному сообщению. А живые и настоящие, которые сдохнут через три дня. Ради настоящей любви обязательно надо, чтобы умирали цветы. И в доме – посуда хорошо бьющаяся. Потому что бессмысленно даже начинать ссориться, когда в доме посуда небьющаяся и презервативы закончились. И еще, это так мило, когда мужчина как бы не претендует на тебя, но при этом оставляет метки. Нет, нет, что вы, это я упала. На чьи-то губы, ага".

– У тебя есть планы на Новый год? – спросила Рада Болингброка.

– Да. Я планирую, чтобы ты переехала жить ко мне, – невозмутимо сказал тот.

"Видимо все же претендует. Этого мне еще не хватало. Хотя возможно именно этого как раз и не хватало", – подумала Варецкая.

– Мы знакомы совсем ничего…

– Совсем ничего тоже срок.

– О! Это в корне меняет дело.

– Со своей бывшей я был знаком пять лет и толку.

– Зачем оно тебе надо?

– Ты – дурная и настоящая. Меня это одновременно и

167

пугает и интригует. Я хочу тебя "читать".

— Спасибо. Я подумаю. В Майами уеду Новый год встречать с друзьями. Хочешь, присоединяйся.

— Хочу.

Чувства — они как новогодняя елка. Каждый раз ждешь, надеешься, готовишься, потом прыгаешь вокруг нее, наряжаешь, украшаешь, ставишь на самое видное место в доме и оставляешь светиться, даже когда праздник Новый год уже закончился и настали радужные будни. Но на фото любая живая елка выглядит убого. Скрюченная, полуголая, на грубо сколоченной подставке аки в бабушкиных рейтузах. И какая-то незащищенная что ли. Но это только кажется. Колючая как есть, от природы. Если потрепать — уколет и не вздрогнет. И только искусственная в любое время года и как ни украшай, а хоть пельмени на нее повесь, всегда выглядит отлично.

Каждый раз Варецкая перла в дом настоящую. Большую и пушистую. Такую, чтоб все пространство завалить иголками, а потом находить их в самых неожиданных местах вплоть до мая. Потому что искусственная стоит и не дышит, пластиком шевелит — такая ей не подходит. А золотой середины нет. Вообще это штамп. Что такое золотая середина? Что-то между Аватаром и Афоней, "Боингом" и телегой, пиджаком и плащ-палаткой? Ну уж нет. А то что в кадре елка не фотогенична, так это ерунда. Все ж из головы. И из-за нее. И даже вопреки и ради. Главное, чтоб в голове радостно. А фото — это детали.

И Рада сфотографировала себя с Болингброком на телефон. Он получился "размазанный" и со светящимися глазами. Настоящий. Она выглядела на фото прекрасно. Это ли золотая середина?

Если от любви у женщины съезжает крыша, то от похоти – контур губ. У Рады крыша была на месте. Контур губ съезжал регулярно. Она даже перестала пользоваться помадой. Бесполезное занятие, все равно Болингброк съедает.

Когда за трехчасовой полет турбулентность длится два с половиной часа, а трясет так, что американские горки в сравнении просто детская карусель, становится как-то страшно. А в иллюминаторе тем временем зима сменяется на лето. И только ногти из ладошек достанешь, попу расслабишь, как пилот сонным голосом в четвертый раз объявляет про мать ее турбулентность и что лучше бы пристегнуться и не шевелиться вообще, для безопасности положено. И добавляет, что полет проходит на высоте пятнадцать тысяч ног. А когда учили в метрах – такая высота представляется стратосферой. Понимаешь ведь, что самолет – самый безопасный вид транспорта. А попа все равно предательски потеет каждый раз. Одно радует – на земле майамской. Одно настораживает – хочется виски и спать.

Тридцать первое декабря. Майами. Через час у Рады обгорит одно плечо. Через часа три будут крики "надо починить унитаз" и "сварить заранее, чтобы картошка в оливье была что надо". А когда в компании русско-говорящих есть хоть один англичанин, то ему нужно еще объяснить что такое моченые яблоки и Старый Новый год.

Причудливая традиция – в Новый год, пока часы двенадцать бьют, писать желание на салфетке, сжечь, пепел в шампанское, выпить. Что не догорело – то дожевать и проглотить. Не смотря ни на что. И ждать сбычи в течение года. Отсутствие стола у океана для удобства написания вовсе не обязательно, чтобы небо над ночным пляжем засветилось в фейерверках, обозначив наступление Нового. А когда душа требует праздника, караоке с русскими песнями найдется даже на Майамщине. "It's my life, and it's now or never".

Специалисты утверждают: наешься салфеток с желаниями – будет плохо. И ничего, что обжираловка в алкогоритмах. Конечно потом плохо от горелой салфетки, от чего ж еще.

ЗАПОМИНАЙ ОЩУЩЕНИЯ

В FaceTime щебетала Лактионова и поздравляла со Старым Новым и Новым Старым. И они с Радой желали друг другу любви — необузданной, сумасшедшей, необъяснимой, теплой и дружеской. Лишь бы фраза "как-то средненько" была не про них.

— Шутка: первый рабочий день после новогодних праздников похож на встречу выпускников. Все чуть разжирели и рады друг друга видеть, — сказала Маруся.

— А-ха-ха! Оливье уже доели?

— А как же, давно! — прокричала Маруся.

— Да что ж ты так орешь, душа моя?!

— Рада тебя слышать, вот и ору. И как твое сегодня в

новом году?

— Я в восторге. И маленькое наблюденьеце. Восемь совершенно разных знакомых мне мужчин на поздравление с Новым годом ответили: "Ура". Даже не знаю, как к этому относиться.

— По человечески. Варецкая, у нас с тобой прекрасная Родина!

— И при этом чудовищное государство.

— Да. Но только у нас в канун Нового года можно встретить хрюшу по имени Нюша. Добрый дядька без зубов выгуливает свою жиртрестку как собаку — два раза в день. "Желаю расслабиться и провести год по-свински неприлично хорошо", — сказал он мне. Чего и тебе желаю, подруга!

— Вот спасибо. То есть дракон переходящий в змею по китайскому гороскопу дает в итоге свинью? Чего только не вытерпит эволюция. Предлагаю потом поздравлять: "С Новым годом, лошади!" А в год овцы главное сохранить самообладание. Чтобы не превратиться в... ну ты понимаешь.

— Это святое! Ты видела нашу новогоднюю красавицу елку?

— Сорокаметровый конус в люминесцентном ковролине?

— Ага. Это нечто. Теперь даже у елки есть Facebook. Как по мне, любые фото извращения гораздо лучше, чем эта дурная конструкция.

— Надо ее кому-то передарить. Например Житомиру.

— Город же не провинился, чтобы вот так сразу наказывать, — хихикнула Маруся.

— Слушай мой любимый анекдот прошедшей недели.

— Валяй!

— Прибегает девочка к Деду Морозу. Вся зареванная, колготки грязные, платьице порвано, банты растрепаны, туфель один потерялся. — "Девочка, что случилось?" — удивленно спрашивает Дед Мороз. — "Де-ее-едушка Мороз, я так к тебе спешила, так спешила, бежала что есть мочи, а потом споткнулась, упала, колготки испачкала, платье порвала, туфельку потеряла, косички вот растрепались... А-а-а..." — всхлипывает девочка. Дед Мороз такой смотрит на нее и выдает: "Да твою ж мать, а!"

И подруги засмеялись в голос. Не уставшим или нервным смехом, как это порой бывает, а обычным, довольным, отдохнувшим и выспавшимся хохотом. А таковой непременно имеется в арсенале любого активного человека в наши дни. Так что не только смех сквозь слезы, и слезы от смеха. Смех ради, из-за и благодаря самому смеху и расслабленному настроению. А не вопреки.

— Сейчас наступило одно из моих любимых времен года.

— Так у тебя ж лето любимое, — удивилась Маруся.

— Все верно. Я очень люблю лето. Ешь персик, а сок течет по локтям, ворсинки теребят язычок и щекочут нёбо. Ммм, лепота! Но есть у лета существенный недостаток — запах сметаны на спине. В целом все времена года люблю. Но зиму за нечто другое, особенное. Когда можно забраться под одеяло и трескать апельсины. Потому что летом и апельсины не те, и арбузом гораздо занятней обляпаться. Кожура апельсина должна быть непременно толстой. И ты чистишь здоровенный такой хрюкт, а из него брызги в разные стороны — и на простынь, и в глаза, и ты чертыхаешься, ибо щиплет и грязно же. Вкусно ужасно!

— Что такое? Кризис и отсутствие денег все чаще

173

заставляет думать о сексе? – ехидничала подруга.

– С чего это ты взяла, что у меня кризис и уж тем более финансовые трудности?

– Постельные посиделки с апельсинами, валяния на кровати и ничегонеделание.

– Я решила заниматься сексом, пока не надоест.

– И?

– Пока не надоел.

– Вот ты развратная женщина, Варецкая!

– Ты даже представить себе не можешь насколько. Ведь трахаться – мое основное призвание, – и Рада показала в экран язык.

– Ладно, подруга, рассказывай, как прошел праздник?

– Маруся, ты только представь! Тридцать первое декабря. Майами. Чиним унитаз.

– Нормально, а что, – рассмеялась Лактионова. – Наши, оливье, унитаз. Все согласно традиции.

– И да и нет. Я сама сначала порывалась починить слив в бачке. Все, теперь меня замуж точно не возьмут.

– Так, быстро поломай обратно, сделай вид, что так и было, никому не говори, накрась губы и жди. Может, оно еще не успело подействовать.

– Рада, приезжай, лампочку нам вкрутишь, как раз перегорела, – крикнул Олег.

– Нет, ты слышишь?! А?! Как тебе это нравится? Ты "опиздала". Оно уже успело подействовать! – смеялась Маруся.

– Еще не все потеряно. Бачок тот потом все равно не фурычил. Поэтому парни и полезли в него. Дальше в памяти тьма. Но для пущего сейчас все равно накрашу губы поярче. Ты там как?

– Ох, не спрашивай. Олег купил свиней, куриц, коров и

одного страуса! Кролики уже были, да издохли, не пожелав становиться жилетом.

— Ну, все правильно. Одних куриц заменил другими курицами. И коровами. Но страус — это настораживает.

— Ой, не развивай эту тему, прошу тебя. Олег — зоовод. Я, блин, в зоопарке живу!

— Подожди, стишок тебе смешнючий прочитаю, в Facebook видела недавно, исхохоталась. Слушай:

олег забыл свои девайсы
на грязном столике в кафе
винтовка штопор плоскогубцы
пельмень распятие фольга

— Во-во! Узнаю знакомые черты.

— С Пуськами и Муськами, я так понимаю, покончено?

— Это да. Предновогодний синдром вылился в непомерную любовь ко мне. Как-то поговорили нормально. Теперь примерный мужчина, а в саду у нас страус! Я счастлива. Зато Олег погряз в интимных финансовых обязательствах. Ковыряется с живностью и тратит кучу денег на овес. Потом овес переваривается в навоз — а это его новый стратегический бизнес план под названием "Безотходный".

— Продавать говно?

— Именно.

— Лактионова, что у тебя все как-то с жопой связано обязательно?

— Так, ты уже вернулась из своих Майам?

— Давно. Со второго января в запаре. Работы по горло.

— А у нас как обычно новогодние выходные десять дней. И я решила заняться йогой. Один из мастеров одной киевской школы йоги, который специализируется на проблемах позвоночника, а у кого их нет, ответственно на своем сайте заявляет, что многие программы, цитирую, "Это херня". Стоит идти к нему или еще раз процитировать?

— Не идти, а бежать! И подальше от этого херопрактиканта с энциклопедией поиска здравого смысла и словарем зверобоя!

— Согласна. Митровитон еще на днях учудила. Выкинула все мои шмотки из машины на свалку.

— За то, что ты шапку не надела вовремя и уроки не сделала?

— Ха-ха три раза. Я, как живущая теперь с Олегом за городом, вожу часть гардероба с собой. При этом машину продолжаем пользовать на двоих с Витон, которая по-прежнему живет в городе и строит личную жизнь с Бобой на освободившихся просторах. И вдруг маменька устроила мне случайную благотворительность. Обычно я и так ею занимаюсь, в пределах своего шкафа и при наличии желающих размера S. Витон решила поучаствовать в уборке хлама из железного коня и легким движением руки выбросила не тот пакет. Зато мусор аккуратно внесла обратно в дом. Бомжи конечно чрезвычайно обрадовались тому, что кочевало на заднем сиденье нашей машины в последнее время, но вряд ли согреются мои любимым дорогущим клатчем, так как гореть ему недолго. А теперь самое смешное. Митровитон возмущалась больше всего по совершенно другому поводу. Она только-только купила жидкость для омывателя стекла машины и засунула в пакет с моими шмотками! Плевать она хотела на мой клатч. Зато из-за пяти баксов за жидкость извелась сама и меня извела в придачу!

— Не реви! Кому говорят, не реви! Куплю тебе новый клатч.

— Спасибо, подруга. Как твоя самолетная жизнь? Приезжай скорей. Я соскучилась по тебе.

— Я тоже, Лактионова! И я скоро приеду. Жди!

— Только я тебя умоляю, не говори Олегу, что едешь. Иначе он тебя комбикорм для живности заставит привезти.

— Спасибо, что предупредила. Кстати, у меня появился английский мужчина-блондин. Все, как я не люблю. Но он пахнет сыром, а ты знаешь, как я люблю сыр. В детстве я хотела, чтобы у меня был свой Карлсон — в самом расцвете сил и с пропеллером. Собственно, да. Теперь у меня есть Карлсон. В самом расцвете сил и с пропеллером. И характер у него — хоть к ране прикладывай. Со всех сторон прям изнасиловал меня своей интеллигентностью.

— Рада, ты помнишь, что не так в истории про Карлсона. Там папа Малыша спит в отдельной комнате на одноместной кровати!

— И что? У мамы Дяди Федора вообще силиконовые сиськи! Иначе как объяснить, что их сначала нет, а потом мультипликатору привезли портвейн.

— Покажи своему блондину мультик "Простоквашино".

— Ага, и что ты предлагаешь отвечать на вопросы почему Дядя Федор — дядя, ведь он же мальчик; почему он уехал в деревню один и всем плевать; и почему Дядя Федор жил в чужом доме, а ему приходила почта? Мир английского мужчины и мой мультфильм после совместного просмотра больше никогда не будут прежними. Поэтому дудки.

— О, подруга, все. На пару месяцев мы тебя потеряли, я считаю.

— Это еще почему?

— Если полгода пройдет вместе — это значит, что я спокойно могу идти выбирать тебе на свадьбу кухонный комбайн.

— Маруся, какая чушь! Но лучше презервативы в пастельных тонах. В крайнем случае кофеварку. У нас с ним первое место по синхронному зеванию. А его кофейная машина продолжает меня ненавидеть, потому что серая. Меня вся серая техника ненавидит.

— Так может уже сырорезку, раз мужчина сыром разит? Ты подумай.

— Ага. Правда замужеством мне не угрожали. И слава богу. Рано еще. Хотя это дело времени, равному количеству минетов помноженных на количество борщей. Не высшая математика, сама знаешь.

— Варецкая, ты невообразима! Подробности, мне нужны подробности.

— Кухня есть? Для антуража.

— Найдем! Выкладывай!

— Да у меня дома что-то все ломаться начало. Интернет не работал два дня подряд. Как бы роутером об пол ни стучала — вай-фай все равно не появлялся. А не буду я, пожалуй, ничего менять, пускай техническое бревно в углу постоит, так я думала. Но без интернета как без трусов зимой. Крайне неудобно. Поэтому пришли какие-то люди чинить. Поковырялись, почесались. Не исправили. И я как обычно, по наитию, чертыхалась и переделывала.

— И как, получилось?

— Как ни странно да. Еще и часы настенные взбесились. Я их тыщу лет не трогала, там батарейка уже тю-тю. И вот, несколько дней подряд вдруг ровно в полночь часы включали будильник — "Джингл Белз", писклявую мелодию, от которой хочется пойти пополнить ряды суицидников. А пока будильник не выключишь – он же не заткнется. Я честно пыталась изменить там эти настройки и убрать будильник. Фиг. Каждый день ровно в двенадцать ночи он все равно включался и завывал свой "Джингл Белз". А потом, видимо, контрольный – в час, и два ночи совершенно самостоятельно. В итоге я победила технику: вынула издохшую батарейку и замуровала часы-мерзавцы в ящик за плохое поведение. До востребования. А потом подумала: какого ху…дожника? И выгнала часы из дома. С соседкой еще поругалась. Капризная дура. Это очень сложно, когда кто-то начинает кричать с самого утра.

– И что это Нинель хотела? Рада, заметь, наш женский клуб "Желчь" снова в действии. Обсёр коллег по полу.

– А нéчего! Ты понимаешь, она просто решила, что хочет жить одна. Вдруг. Резко. Милая моя, если хочешь жить одна, снимай студию в Бронксе! И главное такая крикливая крикливая. У нее какой-то перманентный предменструальный синдром. До этого рассказывала мне какой-то бред, что у нее натоптыши, пятки трескались, волосы медленно растут. Хотя женщина – я тебе дам! Но не дай бог такую никому.

– Хоть что-то хорошее было у нее в этом году?!

– Ох, не знаю. Еще и цветы эти мои…

– Какие еще цветы?

– Ну, так случилось, что мне доставляли цветы. Она открывала дверь курьеру, когда я еще не дома была. Не, знаю, в общем. Достала она меня своим вечным сопением. Поругались мы с ней вдрызг. В какой-то момент соседке показалось, что я громко дышу. Расставались с криком. Орала на меня, будто мы с ней женаты. Я обозвала ее тупой письькой с ушами, забрала свою сковородку и переехала. Живу теперь с чистого ковша.

— В смысле сковородки? — уточнила Лактионова.

— Ах, детали... Ты только представь. Иду я, значит, по Манхэттену, из сумки Givenchy торчит сковородка и жить негде. Еще бы котлеты в сумку для комплекта, и тогда полный сюр.

— И где ты сейчас живешь?!

— У Инглишмена. Он сам предложил.

— Феерично! Когда он уже успел забрать твои трусы к себе?

— Мы обнимались и пили виски. Этого видимо оказалось вполне достаточно. Что удивительно утром следующего дня предложение все еще было в силе. Оказалось, говорил не только виски.

— Ах... кто бы мог подумать!

— Я дурная. Сейчас сижу с офисе, разговариваю с тобой. Боюсь идти домой. А он там ждет. И кипит во весь темперамент.

— И чего ты еще в офисе, балбеска! Дуй бегом к своему мужчине, а не разглядывай мою моську в экране.

— Я вообще-то не нарушаю традиции разговоров с подругой из-за мужчин. И надо же было мне все это кому-то рассказать, в конце концов! Могу конечно пойти к моим друзьям Кристианчику Лабутену и Джимчику Чу. Они меня давно зовут. Идеальные собеседники. Все, как я люблю. Что правда, еду я тоже люблю. А вот скучать по ней – нет.

— Ну а кому как не мне, естесна. А с Джимом и Кристианом наговоришься еще. Эффект от терапии шопингом кратковременный, возврату и обмену не подлежит. А я бесплатная подруга. И что главное мне на тебя не все равно. Выкладывай давай, что там варится в головушке твоей, пока не сбежало.

— Знаешь, иностранцы — бедные люди.

— Это еще почему? — удивилась Лактионова.

— Вот, к примеру, дорогого человека мы как называем? Солнышко, Зайка, Рыбка, Слоник, любой зоопарк, и даже это иногда прекрасно. Бывают Бублик, Пирожок, Масик и Малая. Есть еще производное от имени или фамилии, имена мультяшных персонажей, не поддающееся логике слово Лапушкин, Чебурашка — и тем не менее у таких людей тоже любовь. А у иностранцев реально есть только Ханни, Дарлинг, Свитхарт и Тыковка. А, и Бейба конечно. Все! И с именем фиг покривляешься. А Бубликом попробуй назвать! Прям как с матом — все сводится в основном к фак факин фак. Ну и еще два самых ваще грубых слова. Но вот ведь что. Что в русском, что в английском языке синонимов у слова "жопа" огромное количество. Лично я знаю штук по двадцать в каждом и еще парочку по-французски. А к слову "голова" придумы- вается только "череп". Что за жопа?

— Это поэтому ты сидишь в офисе и дурью маешься?

— Что-то вроде того, да. Я ж дурная.

— Оно и видно,

Лактионова покрутила у виска указательным пальцем в знак подтверждения.

— Твой-то хоть мужчина хорошо себя ведет?

— Рано ему еще выпендриваться. Да и я пока что вся такая мур-мур.

— Это временно, — хмыкнула Лактионова. — Но мур-мур это хорошо.

— Возможно это все потому, что я стала просыпаться от звука соседского саксофона. Красиво дудит, в ноты четко попадает.

– Будем считать это хорошим знаком. Главное, чтобы мелодия, как на будильнике, не надоела.

– Ты права. Хочешь возненавидеть любую понравившуюся песню – поставь ее на будильник. Даже не знаю, может петуха купить? Знаешь, а мне пока нравится. И не только будильник.

– Это замечательно. Рада за тебя, Рада, – Лактионова каламбурит.

– Рада радовать.

Выйти из офиса, в приступе ностальгии заехать в украинский ресторан и обжечь там язык. Машина времени работает. Украинский восточно-деревенский ресторан. Антураж: евреи одесские, западно-украинские щирые, и случайно зашедшие афроамериканские подданные. Отамериканенные бабушки позапрошлого века рождения сербают щи, такие же дедушки причмокивают котлету по-киевски. Случайно зашедшие афроамериканцы жадно жуют подгоревшие кортопляники.

Рада же боролась с желанием громко крикнуть "-ять", чтобы идентифицировать рядом жующих и одновременно прожевать горячий вареник. Сожрала тазик этого вкусного теста. Без малейшего сожаления. Просто женщина от счастья худеет.

А потом выгулять оставшееся, накопившееся. Тридцать кварталов пешком, когда в ушах играет музыка, а океанский леденящий ветер дует в лицо – и дурные мысли как рукой снимает. После зайти в кофейню, заказать латте. И пока ждешь – разглядывать людей через окно. На улице темнокожий полицейский болтал по телефону. К нему подошел тоже темнокожий, спрашивал как пройти на нужную ему улицу. Полицейский рассказал маршрут в деталях. Потом они стукнулись кулаками в знак "Спасибо, бро", и каждый продолжил делать то, что делал: полицейский — болтать по телефону, прохожий — идти по нужному адресу. Рада на секунду представила, как бы это могло выглядеть в Украине. В знак "Спасибо, кум" они бились бы пузами.

Привычный Starbucks был почти пуст. При этом система именного опознавания напитков каждый раз веселила. "Roda", корявым черным фломастером гласила надпись на латте. До этого уже была Райла, Рила, Мола, Майра, Рилайя, Ноа, Нойя...

"В следующий раз скажу, что я Иосиф Сталин", — подумала Рада.

Однако, когда бомж сидит в Starbucks и попивает такой на расслабоне содержимое стаканчика — это как-то вдохновляет влюбиться в город еще раз.

Рада улыбнулась.

"Все хорошо ведь! Ну правда, все просто зашибезно!"

Взяла свой кофе и пошла домой. К себе. К нему. Раде всегда спалось лучше, когда рядом спал мужчина. И при этом, как это не парадоксально, женщина любит с мужчиной не высыпаться.

— Как прошел день у моей дарлинг? — обнимал Варецкую Болингброк, когда она с красными щеками от холодного ветра зашла в квартиру.

— Знаешь, когда меня обступают девушки модели — высоченные такие, как небоскребы, включая каблук, мне кажется, что я в сосновом бору.

— Рада, ты — циник!

— Иначе в этом мире непрекращающихся новостей сложно жить.

— Ты ж сама новости продуцируешь.

— Именно поэтому если я буду в них вслушиваться и тем более верить — я сойду с ума. Считай мой цинизм самозащитой от информационного шума и людей.

— Серьезно? Ты ж только и работаешь, что с людьми. Вечно какие-то встречи, переговоры, письма, опять встречи.

— Я вообще люблю людей. Даже тех, кого считаю болванами. Любопытные исследования: называю их примерно так же на Facebook, меняя лишь формулировку. А ее лайкают. И хотя коммуникация — мой любимый вид спорта, как в любой нагрузке крепатура и усталость неизбежны.

— Ты заметила? Я не ставлю лайк.

— Заметила. Этим ты мне и нравишься, — сказала Рада и нежно поцеловала Болингброка.

— Я бы хотел завтра посмотреть, как ты ешь. А ты посмотрела бы, как ем я.

— Ой! Если бы ты видел, как я поела два часа назад, ты бы пожелал больше никогда меня не видеть.

А сама вспомнила стишок, давно прочитанный в интернете:

сказать люблю бывает сложно
сказать прости еще трудней
остановись не нужно делать
минет вообще сказать нельзя

И посмеялась втихую. Только на этот раз уже про себя. Нельзя перевести его с русского на английский. Чтобы еще в рифму, и шутку сохранить.

Есть такие рабочие бейджи. Они одновременно и пропуск через турникет в место работы, и именной тэг, чтобы работники этой же компании сразу знали, как кричать: "Эй ты, чувак в синей рубашке!" А так как к любому костюму лучше всего подходит синяя рубашка в вариациях оттенков, то на призыв "Эй ты, чувак в синей рубашке" обернутся все, и даже тети в таких же синих рубашках. Как правило, мужчины прикалывают бейджи на пояс брюк, что делает вполне комичным способ узнать имя коллеги в случае амнезии в рабочее время.

И вот Болингброк заглянул в холодильник в надежде, что от яркого света и открытой двери застуканные мирноспящие продукты поскачут в хлебницу и красиво улягутся в бутерброд горчицей книзу. Но тут пес возвестил о наступающем приступе игры под названием "Хозяин, хозяин, если ты меня сейчас не выгуляешь, то превратишь меня из интеллигентного и добропорядочного животного в скотину, которая обоссыт холодильник, за которым ты прячешься". Не так буквально конечно гавкал, но что-то около того и очень похоже. Сначала игрища с собакой предлагались Раде. Но настроения бегать сегодня категорически не было. Тем более делая вид, что это именно ты держишь пса, а не он тебя гоняет вокруг дома. И вот мужчина тушит свет в холодильнике и идет выгуливать пса. Как был — в рабочем бейдже, прикрепленном к поясу брюк. А чтобы быстро и по делу позаботиться, Рада выдала укороченный вариант:

— Не забудь снять свое лицо с гениталий. А то потеряешь.

Пес поднял ухо вверх и чихнул. Правду, значит, сказала. Мужчина ржет, но понимает с полуслова. Не зря кухонные биоритмы совпадают. Это значит, что регулярные встречи у холодильника, чтобы чего-нибудь эдакого пожрать перед сном, гарантированы. А сегодня он купил со всех сторон обезжиренного мороженого. Любимого шоколадного. Такой заботливый. Но на этот раз без вафельного стаканчика.

"Что ж, буду мазать совсем обезжиренное мороженое на пластмассовый хлеб", – решила Варецкая.

Потому как что хлеб, что вафля в Америке по вкусу одинаковые. Главное, как говорится, лицо с гениталий не потерять.

Холодильник зовут Жора. Это чисто наше, шизофреническое, давать имена неодушевленным предметам.

Жора, я с тобой не разговариваю! И не смотри на меня так! Ну чего, чего ты от меня хочешь! Жора, не провоцируй меня! Мы с тобой столько времени, душа в душу. И вдруг ни с того ни с сего, на ровном месте… И вообще, не беси меня! Обиделся? Ха! Да пожалуйста! И знаешь что! Если время близится к полуночи, это еще ничего не значит! Мороженое значит мороженое. И выплюнь лед, а то простудишься, размораживай потом тебя.

"Начать что ли играть в хозяюшку? – говорил внутренний Мистер Пропер в Варецкой. – То есть, как приличной женщине, сначала убрать жилище, а уже потом раскидывать по периметру обертки от шоколада, туфли и зарядки с прочими шнурами в хорошо проветриваемом помещении. Или же просто переставить ореховое масло в другой шкафчик на кухне? Да, пожалуй этого вполне хватить для вторжения. Пусть будет просто большая мужская спина. Большая мужская спина должна быть обязательно".

А на реглане Рады, на спине, принт. Сердце. Большое. Поросячье-розовое. Девчачье.

Любовь же – это лежите вы вдвоем перед телевизором, кино собираетесь смотреть. То, которое не собираетесь досмотреть. Он берет так тебя в охапку и рукой к себе всю притягивает, вроде – эй, чего так далеко лежишь. Одной рукой – с другого конца кровати в охапку и к себе. И как это у него так получается. Без усилий совершенно. До мурашек прям пробирает. Или он поел борща и подходит целует тебя в глаз жирными губами. А ты ему в ответ: "Ну, ё-мае, милый, не приближай рот. Ты же им только что ел. Может еще подлить?" – и самой в итоге поцеловать его в жирные оранжевые усы.

"Надо сварить ему борща, – рассуждала Рада. – Хотя нет. Обойдется пока. Не привыкшие они к заботливым борщам. Хватит с него, такого красивого и белобрысого сукина сына утреннего кофе с омлетом. Чтобы не наломать прекрасных лавров".

Мужчина и пес вернулись с прогулки, и Рада улеглась поудобней, поближе к Болингброку, чтобы посмотреть какое-нибудь дурацкое кино. От кровяки на экране она морщилась, ежилась, оставляла на плече мужчины синяки, трескала финики и мысли ее уже переключились совсем в другое русло, одновременно с каналом телевизора.

Прямая трансляция красной дорожки "Золотого Глобуса". Первая часть.

У какой-то актрисы ведущий, с желе на волосах и в странном галстуке, очень оживленно, с амфетаминовой улыбкой спрашивает:

"Как дела? Что нового?", – и непристойно тычет в нее микрофоном.

"Ну, я на завтрак съела печеньку. А так все супер", – улыбает та свой улыбальник в ответ.

В вычурном платье тетенька из киноиндустрии выглядела такой страшной и какой-то голой, что лучше бы оделась и не позорилась.

И тут же следующий подопытный хомячок резво оголяет зубы в объектив камеры:

"Я играл там сам себя. Это было по-другому, так непривычно, я от себя такого не ожидал!" — и с такой важностью, что вот-вот лицо треснет.

Это все какие-то актеры и ведущие, наверное, очень известные люди. Но все они, как если встретить на улице группу "Дюна" в полном составе. То есть невероятно эмоциональный момент в жизни. Однако есть своя прелесть в этой кунсткамере красных дорожек. Все улыбаются и потеют. И потеют от того, что так широко улыбаются. И вынуждены улыбаться, чтобы никто не заметил, как обильно они там все потеют.

Вторая, но не менее любимая часть марлезонского балета — вручение статуэтки. В момент объявления победителя любой номинации каждый раз всматриваешься в лица проигравших. А их конечно же снимают крупным планом. Хоть бы один индюк стукнул кулаком по столу, психанул и крикнул, что та письска в калошах — бездарь и насосала. Рейтинг шоу был бы невероятный! Но нет. Все сидят чинно, растеклись за столиками, как говяжье карпаччо в жару.

А через год по календарю будет Олимпиада, и все увидят, как у ответственных за все будут сжиматься олимпийские колечки. И ежегодный "Оскар", после которого очередная актриса разведется, ибо по карме голой золотой статуэтки так полагается.

И все-таки Болингброк прелестен как канал Discovery, пропагандируя счастье. Можно слушать бесконечно. И глазам не больно. У него даже лобок интеллектуала. И восемьдесят пять килограмм чистого секса. А когда у мужчины пузо такое, что на нем запросто можно морковку натереть – слушать такого вдвойне приятно. Редкий вид, можно сказать, вымирающий. А какая нормальная женщина не хочет быть придавленной тяжестью мужского тела?

– Вот скажи мне, почему во сне не чихают? В том смысле, что не снится чих, а чтобы прямо во сне чихать, – спросила Рада Болингброка.

– Затрудняюсь ответить. Я не запоминаю свои сны.

– Почему когда мужчина не берет на свидание презервативы – это к сексу. И что помыть машину – к дождю. Понимаю, – продолжала Рада. – И когда голова болит – это волосы растут. Ну, допустим. И если уши "горят" – значит обувь жмет. Тут вообще легкотня. Но меня мучают два вопроса. Почему во сне не чихают?! И есть ли в пингвине пупок?

– У тебя голова сейчас не болит?

– Нет, но волосы растут исправно, – и подмигнула.

А потом Рада уснула. И снился ей ежегодный музыкальный фестиваль в Лос-Анджелесе "Новая волна". Снуп Догг и Мик Джаггер за белым и черным роялем исполняют инструментальную версию "О чем играет пианист". Леди Гага поет "О боже, какой мужчина". Бьенсе танцует под "Эти яйца". Джастин Тимберлейк – любую из раннего Сережи Лазарева. "Аэросмит" – "Где ты, милая, самая красивая". Мадонна с явным акцентом затягивает "Все мы бабы стервы". Шел второй день фестиваля. Тема: мировые шлягеры. Следующий день – творческий вечер вокально-инструментального ансамбля "Пэт Шоп Бойз" – "А нам 50".

Далее во сне Рада Варецкая уехала одна из Киева в Нью-Йорк на метро. Всего каких-то четыре остановки, хоп и на месте. Только почему-то в одну сторону метро это ходит. А так же снились ей заголовки про эпатаж звезды, которая на самом деле вела себя просто вызывающе и откровенно по-хамски. По заранее спланированному сценарию руки Варецкой. А на фото была изображена не звезда, а какашка. Человеческая. В цвете.

И пока Рада мило посапывала, Болингброк вел себя как истинный джентльмен и даже не храпел. Опять. Ни разу.

Любовь — это кому хочется рассказывать свои сны. И слушать причудливые истории из других снов.

Рада пока сохраняла молчание.

И ГДЕ БЫ ТЫ БЫЛ

Прекрасный праздник-примета Двадцать третье февраля. День повышения ликвидности житомирских носков. Народное сказание гласит: если в этот день приручить пену: монтажную, кондитерскую, противопожарную, любую, чтоб ему приятно, но лучше конечно для бритья, то аккурат на тринадцатый, день мужского розадарения, можно схлопотать по самолюбию и кофе в постель, а не в чашку.

Дарить своему мужчине лучше что-нибудь эдакое. К примеру, авоська презервативов повышает его бюджет партии, ликвидность на рынке недораздетых фурий и сисястых птеродактилей, и автоматически выдвигает его номинантом на премию "Золотой член" в категории игровое кино. Короче, бабам надобно быть бздительными, чтоб потом не жаловались, дескать, он житомирские носки разбрасывает. А так, средство защиты как-никак – в День защитника Отечества. И пускай кульминация номера стоит всей этой грандиозной интриги, а не что попало.

Правда, подобный подарок может символизировать абсолютно противоположное значение: что отношения с человеком, мягко говоря, натянутые, или что и характер и натура соответствуют названию и сути подарка. Но это уже детали, и смотря кто какой символизм вкладывает в авоську.

Какие-то другие женщины поздравили своих мужчин с праздником, когда Отечество максимально беззащитно именно в этот день. Даже мужчин, которые заправляют джинсы в угги, и тех поздравили. Если бы Болингброк не был англичанином, Рада подарила бы ему ради смеха носки с пеной для бритья. И поздравила бы с Днем защитника Отечества, от дураков и дорог. Впрочем, хуже плохой шутки может быть только ее объяснение, тем более в переводе.

Поэтому двадцать третьего февраля, в субботу, состоялся модный показ одиозного Пола Паркета в Ист Вилледж на Второй авеню и Десятой улице, в церкви Святого Марка, что любезно предоставила свои стены в аренду. Именно там, в двух кварталах от места события находится Украинский дом и тот самый украинский ресторан, в котором Рада Варецкая ранее поглощала горячие вареники. Чего и говорить, она любила символизмы. Показ подержанной одежды от Пола Паркета в праздник несуществующей армии давно распавшейся страны в протестантской епископальной церкви, что находится в украинском квартале в Нью-Йорке.

Гости надели на себя "Шанель №5", шинели и пришли на первое шоу Пола Паркета. Их было не слишком много, впрочем, это совершенно не волновало, поскольку главной целью являлось скопление модных блогеров для последующего разгона текстов и фото отчетов. Им же заранее подарили некоторые вещи, для того, чтобы было наглядное вдохновение дальше писать дифирамбы.

Зато само представление прошло отлично. Аудиторию познакомили с модельером и его коллекцией. Приятным завершением сего шоу стал тот факт, что кто-то из присутствующей публики даже сразу купил пару нарядов, о чем оперативно сообщил у себя на ресурсе Питер Биззар и поставил новость в топ дня, которую многие перепостили дальше. Как оказалось, кроме предстоящего снегопада топовых новостей больше не было. Такое периодически случается в медиа пространстве. От чего появляются тексты в лучших традициях блогов из серии "Ни о чем". "16 причин заниматься сексом", "4 способа улучшить жизнь", "20 пунктов измениться", "12 мотивирующих фильмов", "8 признаков плохих отношений", "25 правил Джедая". Видимо только для этого и пригодилась математика из школьной программы, а не как настаивали учителя, объясняя логарифмы.

Если прочитать ноу-хау с конца, то получится хау-ноу... говно.

Пол Паркет — молчун. Он не может говорить, но когда ему есть что сказать — он творит. Ведь при создании коллекций слова не имеют значения. Так было написано в первом пресс-релизе о Паше, главным образом чтобы не выдавать его абсолютное незнание английского языка.

Поэтому на публике Пол был молчалив. Тем более, что самые нужные слова за него говорили блогеры и медиа, а это лучшее, что только можно было придумать. И этот таинственный дефект Паши был даже на руку. Люди любят немножко ущербных и при этом талантливых.

О мужчинах, которые творят историю, женщины, как правило, не могут сказать ничего хорошего. В человеческом смысле. О женщинах с амбициями история на этот счет умалчивает. Все-таки мужчины в меру болтливы, когда дело касается любимых баб.

— В голове все радостно? — кричала Рада на Пола после показа. — А между прочим ты своим выбрыком чуть не испоганил весь проект!

Оскар и Дуров прибежали на крик, доносившийся из гримерной, оборудованной в церкви.

— Что случилось?

— Я только что сгребла это недоразумение и утащила с собой от какого-то русскоязычного, с которым он разговаривал у входа, — указала пальцем Рада на Паркета. — Вы понимаете? Разговаривал! И судя по тому, что я услышала — наш Пол вдруг решил поведать историю своим собственным языком, что он очень даже может говорить, и это все пиар. Нормально вообще? Хорошо, что рядом никого не было. Вроде как. Да что ты вообще себе возомнил! Пол Паркет недоделанный!

— Неприемлемый дерзкий случай! Выражаю свое негодование и возмущение, господа... — процедил Оскар нарочито вежливо, чтобы разрядить атмосферу.

Проект был на граны срыва. С легкой подачи работы Дурова, Паша решил, что от него действительно все зависит, что именно он важная личность. И принял придуманную легенду как должное, согласился с тем, что он модельер. Но оказалось, втянулся, заигрался в собственную исключительность, свято уверовав в себя созданного как в настоящего. И решил заговорить. Он стал очередной марионеткой. Только и всего. Очередным проектом, за которым нужно пристально следить, чтобы управлять. Прав был Дуров насчет прогнозируемой нервотрепки, ой как прав.

Рада была в гневе. А Пол только и делал, что смотрел на Варецкую взъерошенным взглядом и мямлил что-то нечленораздельное. А потом, видимо, вспомнил, что он звезда, и начал истерически орать про то, что он — творец, а мир так не справедлив и гули-гули.

— Паша, я вот сейчас как встану — и тебе станет стыдно. Хотя, стыд ты уже потерял. Значит, я сейчас встану — и тебе, Паша, Пол Паркет ты долбаный, засранец всемогущий, тебе, дорогой, будет больно. В районе твоих же бубенцов.

— Чего ты на меня взъерепенилась? Что ты себе позволяешь?!

— Вот это ты бестолочь!

— Что-что? Не понял?! Повтори, что ты сказала?

— Ну все, это полный гангам. Дурак ты, Паша, и уши у тебя холодные! Да у меня глазное дно аж испариной покрылось, когда увидела, что ты сотворил! Ты правда не понимаешь, что реакция мгновенно распространяется? Мог бы просто, ну я не знаю, фонтан разбить. Но молча! Молча! — сказала Варецкая.

— Я между прочим модельер и тоже решаю в этом проекте!

— Документ о неразглашении плюс полное согласие и принятие легенды и ее исполнение ты подписывал?

— И что? Если я сказал — больше не хочу молчуна играть, значит не хочу! Усекла? Кстати, имя Пол Паркет кому принадлежит? Это мое имя и документы соответствующие есть!

— Не огрызайся, Паша. Тебе вредно. Ноги, крылья, хвост, и жопа с ушами — вот твои документы. Тебе принадлежит имя Паша Галушко, согласно твоему паспорту. А то, что все тебя называют Пол Паркет — это еще ни о чем не говорит. NOBRAND может быть тоже твой? Или все же нет? Ты подумай хорошенько. Или ты совсем страх потерял и нимб включил, что даже не в курсе таких элементарных деталей? Хотя ты ж у нас звезда, мать твою! Талант, я смотрю, прорезался. Не жмет? Вечно эти великие люди, черт бы их побрал. Как я устала от великих людей — вот они, настоящие виновники событий!

— Все равно я — Пол Паркет!

— На словах, Пол, на словах. Поэтому будь паинькой и веди себя хорошо.

— А иначе что? Ну что ты мне сделаешь?

— Серьезно? Хочешь знать, что я тебе сделаю? Ты просто выплатишь всю сумму целиком, которая была потрачена на организацию проекта, плюс неустойка. И вали к чертям собачьим. Но ты конечно дерзай, если хочешь. А вместо тебя я предложу открытую позицию модельера попугаю Какаду. Он будет классно в кадре смотреться.

— Рада, ну что ты уперлась. Я просто хотел…

— Молчи.

— Всего лишь…

— Лучше молчи. Не беси меня! Как, ну как можно было. Я тут расшиблась, чтобы все сегодня прошло как надо. А у него, посмотрите, ясные дни и судорога одной извилины!

Головоногий рукажоп!

Дуров с Оскаром переглянулись и хмыкнули.

— Рада, ну не горячись так, — сказал Оскар. — Набедокурил Пашка слегка, с кем не бывает.

— Набедокурил?! Оскар, ты сейчас очень неверное слово выбрал. Да в конкурсе "Золотое Недоразумение две тысячи тринадцать" Паша занял бы первое место. Поскольку совершенно не понимает, что оно может дальше пойти все кувырком, как снежный ком.

— Она права, Оскар. Это еще не катастрофично, но очень скоро может стать таковым, если не начинать выгребать сейчас же, — вставил Дуров.

— На этом "взъебтренаж" окончен. И вот когда мы перестанем делать все через одно место — все у нас будет хорошо.

— Что ты хочешь этим сказать, Рада?

— Я тебе скажу...

Рада замолчала на половине фразы и пристально посмотрела на Пашу. А потом добавила:

— Вот я сейчас уйду. А ты угадай, что я хотела этим сказать!

И хлопнула дверью.

Дуров вышел за ней следом.

— Костя, дорогой, ты знаешь, что делать. По-моему это был кто-то из "Новостного Репортера", который все равно никто не читает. Ну, а мало ли. Займись, пожалуйста.

— Конечно. Варецкая, ты не переживай. Я отработаю этот ляп. Переверну его в нашу сторону.

— Все, я уехала. Не могу. Иначе кого-нибудь прибью, или прокляну. А если прокляну по ошибке не того, то перепрокляну, делов-то.

— Выдыхай. Мы все равно молодцы. До завтра.

Кто хоть раз не плакал в подземке Нью-Йорка, тот просто не жил в этом городе. Рада приехала домой без сил. Болингброк уже мирно посапывал. И она уселась поудобней на кухне, а точней в той части гостиной, которая считалась кухней и долго смотрела в окно, что уже светать начало. И так и уснула, упершись лбом в низкий подоконник. Заботливый Болингброк перенес Раду в кровать, потому что проснулась она именно там. Выспалась от стресса. Сварила кофе, немного поработала, побродила по интернету и набрала Марусю.

— Привет, моя хорошая.

— Привет. Слышала, у вас там буря снежная намечается, — сказала Лактионова.

— Небывалый в истории Нью-Йорка шторм! Критическая погода на градуснике! Остановятся метро, электрички, люди закупились едой и алкоголем. В супермаркетах пустые полки. Завтра никто не работает. Дети в школу не пойдут. По всем каналам брейкин ньюз: погода напала. Правительство и коммунальные службы готовы к сражению со стихией: много соли, очень много соли, лопат и техники. Ожидается до двух "ног" осадков за ночь, о ужас!

— Ты серьезно?

— Лапуль, нет конечно. Сейчас просто идет снег, и просто дует ветер, как обычно. И на дорогах всего лишь скопилась обычная такая снежно-мокрая февральская жижа. А то шторм, шторм. Погода, способствующая мату водителей и мокрым сапогам у прохожих, не более. Немного идет снег. На градуснике минус два по Цельсию. Сижу ем мороженое и борюсь с желанием пойти лепить снеговика.

— Тогда я за тебя спокойна. И даже не холодно?

— В Нью-Йорке всегда зимой холодно и все ходят, нахохлившись, и зябнут. Но это из-за ветров. Я в новостях прочитала, что пассажир поезда Москва – Нерюнгри выпал из вагона и пробежал до станции семь километров. Вышел в тамбур покурить, а возвращаясь в вагон, перепутал двери и оказался на улице в сорокаградусный мороз. Не растерявшись, сибиряк в сланцах и футболке стал догонять поезд. Правильно, я считаю. А что? Ведь следующий поезд через неделю.

— У нас тут чисто армагедец. Мальчики фехтуют лопатами, на улицах сноубордисты катаются.

— Любопытно. Я бы на это посмотрела.

— Не на что. Какой-то театр абсурда. Жилищные службы признаются, что готовятся к худшему. Тонуть придется, если снег быстро растает. Поэтому надеются на хорошую погоду и на удачный прогноз синоптиков. Видимо надежды больше никакой. Если температура останется минусовая, тогда будет ледяная корка над ливнестоком, что затруднит отток воды. Отток воды при минусовой как-то да, затрудняется.

— Как обычно – ничего не знаю, но это был слоник. Вот же ж зараза белая, дрянь такая загадочная!

— Снег? Опять? Не может быть! Вот у нас юмористы конечно. Я даже скриншот новости сделала. Ты только послушай.

"Из-за снегопадов Киев может накрыть высокая вода. В частности, подмочить репутацию она может низинным районам: Подолу, Позднякам, Осокоркам, Оболони и Троещине. В зоне опасности оказались как простые хижины обычных украинцев, так и сотни элитных коттеджей, расположенных на самом берегу Днепра".

— А чего не землянки уже?

— Точно-точно. Я конечно не паникер, но доллары лучше надо бы пойти поменять. И заламинировать. А то не нравится мне намек про хижины.

— Да и можно подумать, репутацию Троещины чем-то подмочишь, кроме воды. Но доллары, Марусь, лучше конечно меняй.

И обе в унисон поплевали через левое плечо и постучали себе по лбу.

— А вообще холодно очень. Хоть мохеровые трусы надевай и насосочки шерстяные вяжи. Мерзнет совсем все. Поэтому мы дома, и Олег смотрит футбол.

— Мы его потеряли на полтора часа?

— Ага. Сначала мужчина хочет сиськи, а после сорока сиськи появляются у него самого. Сидит теперь орет на футбольный мяч, на меня как на голую женщину ноль внимания. Я что, зря столько лет каждый день ноги брила? Короче, мой ТАЗ уполномочен заявить.

— Ну, голая женщина рядом — это очень обязывает, подруга. Еще и во время футбола. Хотя, знаешь, если женщина говорит мужчине гадости голая, то мужчина во все поверит.

— Учту. Вообще меня так умиляют мужчины-поклонники футбола, с соответствующими атрибутами: паб, диван, пиво, орешки. А потом так надрываются, бедняжки с воплями "эх... вот же ж... да я бы, да я бы..." Ну что бы ты, что бы? Жуй орешки, не поперхнись.

— Злая ты, Лактионова!

— Да лучше б пили минералку, носили шапки и любили своих женщин. Глядишь, и футбол бы наладился.

— Как можно не любить футбол? Двадцать два мужика в

трусах бегают по полю, потеют, плюс судья. Тоже в трусах, что правда потеет меньше, наверное. Ручонками так искренне дрыгает, в свисток как умалишенный дудит, картинки разноцветные показывает. Мне еще нравится фамилия Кайо. Просто потому, что у футбольных комментаторов это всегда звучит как Ай-ё. Или Швайнштайгер. Такой звучной фамилией можно усмирять людей и отбирать у них паспорта.

— Ну их с этим футболом.

— Что ты хочешь, он и так уже подарил тебе свое сердце.

— Хитрый какой! Всего пусть отдает! — улыбнулась Маруся. — Ах да! Как тебе это нравится? Олег припер мне шмотку в качестве подарка на день всех влюбленных угадай кого?

— Неужто нашего Пола Паркета?!

— Точно тебе говорю. Кто-то ему присоветовал интернет магазин дико популярного модельера, который появился из ниоткуда.

— Олег что, не в курсе?

— Варецкая…

— Поняла. Вопрос снимается как дурацкий. Что ж, день Святого Валентина — это единственный день, когда мужчина может позволить себе быть влюбленным придурком.

— Если влюбленным, то ладно. Так объятия крепче. У нас холодрыга жуткая.

— Что, это все новости на сегодня, и даже ни одной драмы? Теперь о погоде? У меня тоже вино-водочная канитель за окном.

— Быстрей бы уже весна!

— Терпимее, Марусь. Весна никак не приходит, потому

что она – женщина. И ей просто нечего надеть.

– Как прошел показ?

– Не спрашивай. Показ отлично, Пола убить готова. Хорошо еще, успели до этого панического сумасшествия со снежной бурей.

– О, кажется, гол забили. Пошла узнавать: радоваться или сочувствовать.

– На связи.

Варецкая сварила еще кофе и набрала Оскара.

– Как дела у нашего гуру моды? Не икается и не чешется?

– Он осознал, кается и просит прощения.

– Тогда почему я еще не получила от самого великого мэтра соответствующее сообщение и корзину с цветами?

– Доставка уже в пути.

– Хорошо.

– Оскар, у нас производство стоит?

– Ты не очень смотри на то, что стоит, не баба! Мы запустили проект? Запустили.

– Ты вот сейчас что имеешь в виду: что чхали вы на него или начали?

– Сама-то как думаешь? Кстати, что с продажами?

– В рамках экономической ситуации.

– Совсем жопа или еще выкрутимся?

– Отчего же? Нормально все идет, по плану. Но ты передай Паше: сдал работу вовремя – молодец. Не сдал – швея-мотористка.

– Варецкая, хватит разводить панику!

– И ты…

– И я от Паши ни на шаг.

– А Дуров…

– Чик и все, уладил. Никто не видел, как Пол с кем-то

говорил. Даже тот, с кем он говорил, внезапно заболел амнезией. За некоторую сумму люди охотно соглашаются на что угодно, даже временно ослепнуть.

— Блоги читал? Там один сплошной взрыв инфо-поводов. Мне кажется, мы по популярности временно затмили мировой терроризм.

— Ну, вот видишь.

— Ты отлично вчера играл.

— Благодарю.

— Как сама?

— Немного поработать уже успела.

— Варецкая, ты хоть когда-нибудь отдыхаешь?!

— Конечно. Когда сплю. Я вообще очень милая, когда сплю. И даже не ору ни на кого.

— Перестань. Ты крайне редко орешь, но зато по делу. Уж я-то знаю.

— Какие планы сегодня?

— Да куда я пойду в такой снегопад? В отеле сижу, брынчу.

— Дуров с тобой?

— Неа. Пошел кого-то соблазнять. Наверное, у него есть секретный козырь – снегоуборочная машина.

— Мы скоро обо всем узнаем на его Facebook странице, – хохотнула Рада. – А я сегодня полиграфию выбирала для пригласительных на показ в Киеве. Наткнулась на описание качества бумаги на сайте одной конторы: "… настоящая книжная бумага повышенной пухлости кремового и белого оттенка".

— И где ты такой треш только находишь? – скривился Оскар.

— Лучше не спрашивай. А то еще поймешь. – Улыбнулась Рада. – Но мне как неравнодушному человеку к А4 и плотности восемьдесят грамм на метр квадратный очень любопытно пощупать эту самую пухлость кремового цвета. Я заказала уже эксклюзивные пригласительные для показа в Киеве: бархат, золото, и прочие стебные дела. Хоть и терпеть ненавижу слово "эксклюзивный", – Рада скривилась. – Но именно оно нам нужно. Ты ж понимаешь.

– Эксклюзивные пригласительные для эксклюзивных людей: для девушек в образе нежных не какающих фей, что питаются листьями и радугой, и мужчин, которые лоснятся как спелая вишня.

– Для них самых. Будет шкатулка с какой-то невероятной открывашкой: с замком в форме плоского краника, который нужно повернуть. А внутри уже черным по белому, то есть золотым тиснением по сиреневому бархату именное "Здрасьте". Вручаем лично курьерской доставкой на дом, в офис, в спортклуб "Седьмой" – в этот клуб одновременного флирта, где наша целевая вечно тренируется. Пускай будет маленькое шоу.

– Я бы посмотрел на представление с вручением. Випы в "Седьмом" периодически обсикиваются от осознания собственной важности, поэтому и халаты не как у всех, а желтенькие, беспалевные.

– Фи как грубо, Оскар. Но видео будет, посмотришь. У бассейна красиво получится.

– Там уже будет работать открытый бассейн?

– В мае? Конечно. Пусть порезвятся. Девчата возгордятся, мальчики распушат свои павлиньи хвосты. Ну или у кого что не облезло. Авось кому личную жизнь поможем наладить, или хотя бы средство передвижения. Потому что если гламурная телочка ездит на раздолбанной старой машине, значит она максимум кому-то наварила кофе.

— Вот ты злая, Варецкая!

— Отнюдь. Я о козочках забочусь. Иначе, каждый раз, когда вижу девочку с оладушками на лице, про себя пою песню из мультфильма, где рыба, похожая на изжогу, прокручивает корабли в мясорубке и получаются "золотыыееее сундукиии".

— Так они уже таким образом и позаботились о себе, надув себе, как ты говоришь, оладушки.

— Все правильно. А оладушки надо что? Жарить!

— И как ты узнаешь, кто где и когда находится, чтобы непременно лично вручить пригласительный?

— Ну Оскар. Не первый же год создаю впечатления. А социальные сети с чекинами и фотографиями на что? Легкотня! Все имена, адреса, явки и пароли уже давно у меня.

К маю две тысячи тринадцатого года лицо и бренд Пола Паркета до такой степени раскрутили в медиа, что еще чуть-чуть и сорвалась бы резьба. Ажиотаж постоянно подогревался посредством интернет-медиа, от чего графики продаж бесперебойно показывали хороший результат.

Это в очередной раз доказывало — продать можно вообще все что угодно. Главное — создать впечатление. А для этого важно, смотря каким тоном преподносить. Это как маленькому ребенку воодушевленно улыбаясь, говорить: "Сейчас доешь манную кашу, а потом мы пойдем на улицу мучить маленьких пушистых котят". И ребенок все равно будет хлопать в ладоши, радоваться и быстро глотать кашу с комочками, чтобы побыстрей добраться до этих самых маленьких пушистых котят, волоча за собой детский развивающий моторику набор "коктейль Молотова". Потому что интонация. По этой же аналогии и

МИЛА ИЛЬКОВА

работают любые новостные СМИ и многочисленные блоги. Теребить воображение и расшатывать догматизм согласно сезону весна-лето или осень-зима, подбрасывая в ленту дозу лимитированного информационного шока – как хорошего, так и плохого. Ведь продают оба. И для вовлечения в дискуссии и обсуждения под каждым текстом следует, чтобы в последнем немножко логика страдала, верней даже не страдала, а так, подныла слегка, как в старом анекдоте, когда мать собирает сына в поход:

– Все тебе положила: хлеб, масло, гвозди.

– Зачем?

– Ну как зачем? Есть захочешь – возьмешь хлеб и намажешь маслом.

– А гвозди?

– Ну вот же они, положила.

И обязательно выводы, по той же проверенной схеме:

– Как кроты ориентируются под землей, куда копать?

– У них слух хороший. Они слышат, где растет морковка.

– А зачем кроту морковка?

– Для зрения полезно.

Ведь если от прочитанного онлайн на рефлекторном уровне не возникает вопросов "Секундочку, тут не складывается...", "Подождите, а как же так...", или "Ну знаете ли, это уже переходит всякие границы...", а только согласный кивок – то это провал для текста в блогах. Когда идет полное согласие с написанным и ото-ждествление с представленным героем – это хороший текст по меркам литературы, но губительный по меркам блогов и трафика. Отсутствие комментариев – это всегда плохо. Ноль жарких и каких бы то ни было вообще обсуждений текста может означать только одно – не зашло. Тот самый случай, когда очевидное согласие не предвещает ничего хорошего в контексте бойлерной медиа пространства. Режим стирки и качество порошка не суть важны. Полоскание – вот ради чего пишутся, перепечатываются и шерятся тексты. Режим полоскания – это реакция, которая заставляет читателя строчить комментарии и ввязываться там в беседы и перепалки с незнакомыми людьми, что в итоге приводит только к одному. Да ни к чему не приводит с точки зрения комментаторов. С точки же зрения автора – текст успешен, разгон состоялся, мнение сформировано. Человеческая реакция онлайн гораздо оперативней, прозаичней и несдержанней. Поэтому там ею проще управлять.

Предстояла кульминация проекта на показе в Киеве.

Рада Варецкая закончила паковать чемодан, когда домой вернулся Болингброк.

– Как дела? Что делал? – спросила она привычно и по инерции поцеловала.

– С друзьями в теннис играли.

– Во взрослый теннис?

– Что ты имеешь в виду?

– В смысле в большой теннис?

И тут она поняла, что шутку невозможно перевести, поскольку языки совершенно разные, как и слова про теннис тоже.

– Ерунда, – улыбнулась Рада, – непереводимая игра слов получилась, а должна была быть шутка. Лучше скажи мне, ты конечно же всех победил?

– А как иначе, естественно.

– Молодец. Горжусь тобой! Представляешь, тут такой туманище швырялся в глаза пока тебя не было. Будто позировал.

— Я видел.

— Как в окно выглянула, перепугалась, ничего не видно. Думала ну все, здрасьте приехали — сошла с ума. А сходить с ума, когда никто не видит, как-то неинтересно. Вот я и передумала с него сходить. Зато так и хотелось крикнуть вдаль: "Лошааадкааа".

— Зачем? — улыбнулся Болингброк.

— Ну как? А, ты же не смотрел этот мультфильм.

— Посмотрим?

— Он на русском. Переводить не буду. Смысл потеряется, — Рада наморщила лоб.

Откуда например ему знать старый наркотический мультфильм "Ежик в тумане". А и правда, откуда? У него было другое детство, свое.

— Рада, у меня есть для тебя предложение.

— Ты тоже хочешь сходить послушать стенд-ап комиков, как вернусь из Киева, да?

— Не совсем.

— Странно, тебе же нравилось…

— Замолчи и послушай. Другого рода предложение…

Когда украинцу хорошо — он возвращается домой. Временно. По делам. Двадцать четвертого мая рейс благополучно совершил посадку с столице Украины. И четыре пассажира все равно захлопали. Здравствуй, Родина! Ждала? Не ври!

Зачем, спрашивается, дублировали на английский названия улиц на дорожных указателях. И, главное, кто-то же утверждал проект. pl. Sevastopolska. PL с английского — частичная гибель (объекта страхования), ответственность производителя (за качество товара), язык программирования и Польша в интернете.

– Вась, а Вась. Ты у нас лингвист-полиглот. Скажи, как будет по-английски аренда?

– Лэт!

– С ту писать?

– Естественно. Это же существительное.

Цвета домов в Украине либо серые, либо поросячьи, либо желтые с необъяснимой геометрической раскраской Чингачгука. Внутри этих домов люди хнычут про жизнь говно. А потому на них и сваливается вечно какое-то "футынуты". Ибо все из головы идет, даже нытье. А если все плохо, то чему ж еще случиться, как не ужасному этсамому, особенно в доме цвета грязного персика. Поэтому, а еще от широты души, все матерятся. Совет, как перестать сквернословить. После каждого матерного слова говорить фразу: "Да не могли бы ли вы меня простить за скудность речи". Вы просто задолбаетесь каждый раз повторять эту фразу и перестанете материться.

Мат – это не менталитет. Это состояние души сию секунду и длиною в вечность. А иначе как выразить красоту опушки, вкус шашлыков, прыжок с парашютом и любовь. В одно слово умещается. Такое краткое междометие, а какое разнообразие смыслов.

Но. Это неприемлемо, когда обычное раздолбайство и засранство называют менталитетом. Менталитет – это разбить стол из мрамора на Кипре и заплатить по счету, не более. Когда отдыхать на своих засоренных пляжах дороже, чем на вылизанных где бы то ни было – это не проблема менталитета. Это люди привыкли так жить. Когда зашел в приличное кафе в Киеве, а уборщица метет около твоего стола и тычет тебе в ноги тряпкой со словами "Можно?" – это не менталитет. Это она на себя обижена, что хотела в театральный, а получилось только со шваброй. Но кто ей доктор? Менталитет? Нет. Когда банк три недели не может выпустить обычную карту, потому что человеческий фактор. Менталитет? Нет. Банальное раздолбайство. А ведь можно вести себя вне дома ровно так же, как ведешь себя дома. Пользоваться ершиком, выполнять свою работу хорошо или менять работу, элементарно мыться, а не кричать, дескать, фу-фу-фу, в метро воняет "Красным Октябрем". Чисто не там, где убирают, а там, где не мусорят.

Из аэропорта в город Раду везла "копейка", водитель которой за рулем с тысяча девятьсот пятьдесят третьего года, аккурат когда умер Сталин и появился первый выпуск журнала Playboy. Где-то в районе магнитолы находился древнейший приемник, покрытый пылью. Таксисту захотелось послушать "радива". Он стукнул кулаком по транзистору, крутанул волну и настроил прямую трансляцию заседания какого-то комитета. Благо, пробок по пути не было.

Варецкая читала новости, просматривала ленту Facebook и просто пялилась в окно, пока водитель любезно переключал волну на вокально-оральную композицию, а сам молчал за дополнительную плату. Промелькнул французский ресторан со звучным названием. Судя по экстерьеру там все пафосно и дорого, ну как обычно. А в переводе звучит как "Горчичная Гранула". Назвали бы ресторан "Лаврушка". Нет, вот так – Lavrushka. Или лучше тематический клуб кому за… под названием "Грудастый Зверобой". Для бабушек с силиконом. Фейс контроль – попрыгать. Для спутников силиконовых бабушек комплимент от заведения – виагра или виски на выбор.

Лента Facebook пестрела новостями.

"На Троещине голый мужчина угрожал органам правопорядка. В его квартире обнаружили кокаин, гранату и алтарь".

Эх, такая отличная причина отказа в евроинтеграции пропадает почем зря.

"Сегодня самая популярная фраза во время разговора по телефону в экспрессе Днепр-Киев звучит так: 'Мы задерживаемся, мы сбили корову' ".

На экране засветился номер украинского оператора мобильной связи.

— Рада, добрый день.

— Здрасьте.

— Я вижу, вы активный пользователь наших мобильных услуг.

— Да-да, было дело.

— И у нас для вас есть подарок!

— Ух ты! Класс. Обожаю подарки! Как это мило с вашей стороны. Начинайте. Дарите!

— Мы вам дарим... мелодию вместо гудков! И это совершенно бесплатно! Мы очень ценим, что вы наш давний и активный пользователь!

— А еще варианты подарков есть?

— Конечно! Во время мелодии вместо гудка, когда вам звонок по второй линии, оператор будет говорить абоненту, что вы в данный момент разговариваете и не можете ответить!

— Может быть, есть карликовый пони-трансвестит, который сам барабанит и свистит? И чтобы оператор сообщал об этом. Ну, пока я разговариваю по второй линии…

— К сожалению, нет. Но зато уникальная мелодия вместо гудков! Только для вас! И оператор будет говорить…

— Да-да, я в курсе. Гранд мерси, так сказать, и все такое. Тем не менее вынуждена отказаться от подарка, поскольку это слишком большая ответственность. Даже без пони.

Дома ждала Витон. Наводила уют и заботливо избавлялась от застоявшейся пыли в квартире Варецкой по случаю приезда.

— Замуж-то вышла? — спросила Витон сразу после того, как затащила ее чемодан в гардеробную, узнала как долетела и сварила вкуснейший кофе.

— Витон, я что так плохо выгляжу?

И они расхохотались.

— И тем не менее, дорогая, у тебя что, жопа на личных фронтах?

— Тьфу-тьфу, Витон. Я сдалась и уничтожаю экономику его государства в рамках одной кредитной карты.

— Вгоняешь в долги персонального МВФ? Правильно, детка! От любви должны не только цветы в вазе умирать, но и камни сверкать. Желательно те, которые каратами меряются.

— А что случилось, Витон? Опять замуж меня пора?

— Почему же опять? Снова.

— Снова замуж?

— Снова пора. Так что, замуж вышла?

— Я еще не у всех спрашивала. И я так скажу — капуста не действует. Зато какая экономия на лифчиках.

— Рада, если народный метод с белокочанной капустой не помогает, попробуй мужскую. Капуста другая — эффект тот же.

— Я гордая и независимая. И сама могу заработать "капусту".

— Рада, от ума сиськи маленькие. И гордость тут ни при чем. Сама ты конечно можешь. Только зачем? Замужество многое упрощает.

О предложении намедни Болингброка Витон сообщать не хотелось. Момент он конечно выбрал еще тот, не самый, мягко говоря, подходящий, накануне отлета в Киев.

— "Я устал, хочу любви, да так, чтоб навек, а ты паришь секс", — напела Варецкая.

— Ай, выйдешь замуж, потом найдешь любовь — испортишь человеку жизнь, — рассмеялась Митровитон. — Разведешься, если приспичит. Лишний повод отпраздновать.

— Тетя Вита, намного приятнее, когда тебя не толкают в задницу ручкой переключения передач. Я своими глазами видела тех, кто побывал замужем, потому что надо и пора, и их селявуху. Поэтому давай просто выгуляем твое новое платье, без повода. А нет, так купим и устроим шабаш. А белый цвет я не люблю.

— Это завсегда пожалуйста. Только какая я к черту тетя! Не сметь!

— Хорошо-хорошо, Витон, — и Рада выдавила улыбку.

— Вот, как тебе такое платье? Пойдет мне, как считаешь? — Витон протянула телефон с изображением.

Платье было с претензией на элегантность.

— "Красивое в пол. Цвет: синий электрик". Витон, мне кажется это... очень обязывает.

— Ты права. К синему электрику я пока не готова. Я, собственно, к чему про фронты любовные любопытствую. Что-то фиалка твоя чахнуть стала.

— Какая фиалка?

— Цветок в горшке, что ты мне подарила стыдно вспомнить сколько лет назад. Она как барометр твоих любовей. Как расцветает — радуюсь за тебя. А недавно снова сохнуть стала.

— Любопытная эзотерика. Сложные мы существа девушки.

— Чокнутые, но такие милые, — хихикнула Митровитон.

А потом как бы невзначай поинтересовалась:

— Ты как, счастлива, Рада?

— Зависит от менструального цикла.

Варецкая шлепнулась на стул в кухне. В старом доме? В новом старом доме? Что считать домом?

Было очень спокойно. Хотя работы в ближайшие дни предстояло уйма. Как обычно. Как всегда. Что не могло не радовать.

— Ляськи-масяськи! Нет, ну я так не играю.

— Что случилось, Витон?

— Маруся сообщение прислала: в шоу-руме выключили свет. Чито за эротизьм средь бела дня? Работа стоит, холодильник течет, а у меня там рыба мучается, черника — в варенье. Боба скоро опять приедет. Он мужик — Жан Клод Вам Дам! Спасибо! Ой, еще и телефон разряжается. Побегу я, а ты отдыхай. Вот тебе кастрюлька.

— Да не за что! Это тебе спасибо, Витон. Заеду к тебе скоро, полью свою фиалку что ли. Чтоб не смела мне стоять и чахнуть. Про Бобу расскажешь.

— Всенепременно!

Витон уехала спасать чернику и красить свою моську для встречи с Бобой, Маруся была с Олегом, и много раз извиняясь, что именно сегодня занята.

— Ты понимаешь, Рада, все мужчины — хвастуны.

Поэтому нужно иногда поддерживать его хвастун в тонусе. Ужин со скучными людьми, партнерами Олега, мне сегодня обеспечен. И не спрятаться, не скрыться в этом мире бушующем. А уж завтра я вся твоя! – кричала та в телефон.

– Хорошо, поверю на слово и не буду тебя потом обливать холодом и презрением.

– Вот знаешь, бывают люди, которые говорят только умные и хорошие слова. Но чувствуешь – боже, какие тупые люди.

– Знаю, как бывает. Представь их голыми. Это улыбает. И не парься.

– Париться мы в другое место ходим. И туда, кстати, тоже сходим.

– Целую голову, подруга.

Рада нажала отбой. Находиться в одном городе, а все равно говорить по телефону… Проклятые мобилки.

Еще эта дурацкая фиалка предательски не давала покоя отнюдь не суеверной Варецкой. Или это просто сказывалась смена часовых поясов. А ей всегда требовалось минимум два дня, чтобы прийти в себя, когда прилетала вперед во времени. Казалось бы, в будущее. Но будущее отставало от часовых поясов "вчера" на много много лет. И все равно при этом было своим, родным, таким душевно-раздолбайским. Любимым? Наверно.

Как здорово жить в свое время и еще знать, кто такие Янковский, Мкртчян, Жванецкий. И засматривать, и заслушивать до дыр. А умрет, к примеру, Снуп Догг. И что? Ну, вот что? Козочки наденут траурные трусы и скорбящие губы, и в ритме тверка бахнут за усопшего чарку "Просекко"?

Моченые яблоки и Контрольный Новый год – это еще

ладно. Как можно даже пытаться объяснить иностранцу влияние житомирских носков на секс в Международный женский день. А мультфильмы. И могучий трехэтажный мат. И поэзия. Особенно моностихи, которые что переводи что не переводи на английский, никакого толку! "О, закрой свои бледные ноги" Валерия Брюсова. Или Вишневского (не мазь!): "Любимая, да ты и собеседник". И даже начинать переводить — это бред. С таким же успехом можно пытаться высморкаться в подмышку, орать в морозилку, вызывая Джина, или уговаривать милого вомбата кашлять янтарем.

Полнейший страдательный залог.

Лингв. грам. форма залога, показывающая, что лицо или предмет, выступающие в предложении в роли подлежащего, не производят действия (не являются его субъектом), а испытывают на себе чье-либо действие (являются его объектом).

А. Пумпянский, "Многозначность глагола to be"//"Химия и жизнь" 1966 г.

То Ве. Быть. Другими словами две пчелы. Вот, шутку как объяснить?! Это или дано, или спасибо, вам в сад. Еще эта чертова фиалка в горшке чахнет!

Душ был правильным решением. Смыть с себя день. И Вишневского (тут уже мазь) от мозоли на душе.

"По дороге с облаками, по дороге с облаками, очень нравится, когда мы возвращаемся назад". И снова Киев.

"Ахр… Женьяль, ну просто женьяль! Уезжала — выключили на очередную профилактику. Приехала и снова нет горячей воды. Это уже вообще не смешно. Будто бы водопроводчики с сантехниками пускают себе горячую воду в оба крана. Повелители трубы, етить".

Раде так и хотелось послать все на какие-нибудь три государственные буквы, типа ТРК. А лучше ВГТРК, чтоб наверняка. Потому что долбануло не только Родиной. Со всей дури. Наотмашь. Ха-ха три раза. Вдруг гавкнула реальность.

Как это романтично разбирать электрический щиток в подъезде и вставлять пробки на место. Особенно когда за миг до этого стоишь вся такая красивая в пене и орешь навстречу струе воды из тазика знаменитое "оргорго" Пугачевой, за что мысленно уже получила "Грэмми" пока намыливала правую ляжку. И вдруг будьте-нате добрый вечер: на фразе "thanks my mom, my..." вырубается свет. Это еще хорошо, что входная дверь квартиры не захлопывается. Но Рада отважная и упрямая. Классно, когда в жопе гвоздь и заводной ключик. Пригодился вот.

"То поломка унитаза, теперь вот электрощиток. Складывается такое ощущение, что меня к чему-то готовят", – подумала Рада.

Поэтому тут же было решено (а как без страдательного залога) срочно поехать купить вредных привычек бурбонового колеру со льдом и выпить в приятной компании. То есть одной.

Когда наши виноделы начинают делать вино, в итоге все равно получается водка. Поэтому виски. И только виски. "Если мы не открываем – значит нас нет дома. А если мы дома и не открываем – значит мы не хотим никого видеть".

– Девушка, а хотите, со мной можете языком почесать, пока едем, – почему-то предложил таксист после недолгого молчания.

– Ничего я с вами чесать не хочу. И вообще, с чего вы взяли?

— Ах, женщины… У меня просто жена любит языком почесать.

— Вот с женой и чешитесь.

— Как хотите, — обиделся таксист.

На подъезде к месту назначения Рада заметила в окне машины уличный лайтборд с молодым Шевченко. А под картинкой цифры.

— Номер телефона Тараса Григорьевича?! Ну, ни фига себе!

— Что-что? — активизировался на звук таксист.

— Ничего. Остановите планету, я сойду…

— А?

— Не берите дурного в голову. Да, вот тут, у лайтборда. Я выхожу.

Рада подошла вплотную к портрету и присмотрелась.

"Ан, нет, годы жизни. Я так и знала. Дура это все-таки по гороскопу".

И зашла в один из своих любимых баров. У входа ее остановил приветственными дружескими объятиями мужчина.

— Привет.

— Салют.

— Это ты?

— Это я.

— Нет, ну это точно ты! — мужчина внимательно смотрел в лицо.

— Я это. Вот она. Кто ж еще, — ответила Рада. Ей стало даже любопытно.

— И тут часто бываешь? — он как-то недоверчиво рассматривал Варецкую.

— Бываю, — четно ответила она.

— И в покер играешь?

– Играю да.

– Значит это ты!

– Значит это я, – кивнула Рада.

– Это же ты вчера с нами в покер играла? Ты еще с мужем была!

– А вот тут ошибочка. Нет у меня никакого мужа.

– Ой, извините. Обознался, – засмущался незнакомец.

– Ничего, бывает. Только можно вопрос? Как там я, которая не я, вчера вечер провела и хорош ли муж?

Мужчина засмеялся, пожелал всего хорошего и ушел. А Рада уселась за любимый столик и принялась рассматривать других посетителей. Подошла официантка.

– Здравствуйте. У нас сегодня акция на все напитки.

– И в чем суть акции?

– Это просто у нас цены униженные.

– И кто же их унизил?

– Так это… вечер же.

– "Джек". Сто. Лед отдельно.

Официантка кивнула и ушла. Не успела Рада подумать, что вдруг оказалась в какой-то пьесе под названием "Униженные и оскорбленные", как ей уже принесли напиток.

Когда человек, переминаясь и мямля, говорит: "А можно личный вопрос?", будьте уверены, он его задаст до того, как вы успеете открыть рот и сказать нет. Ибо все на личном интересе основано. И конечно это был тот самый случай.

– Почему у такой красивой девушки нет рядом парня? – спросил нарисовавшийся бобыль. Видимо, на запах виски прискакал.

– Не хочу хорошему человеку жизнь портить. Один уже умер от счастья, – ответила Варецкая.

219

– А хотите джина? Кстати, я Толик.

– Послушайте. Джин с Толиком не состоится. Сегодня во мне зачекинился виски и я желаю провести этот вечер в собственной компании.

Рада посмотрела на в целом обычного такого, местами симпатичного, слегка поддатого мужчину так, что он сразу понял – сегодня ему в сад, за его же счет. Он не виноват. В другой ситуации может быть и поболтала бы. Но не сегодня. Просто не вовремя. Просто у Рады смена часовых поясов. И всего лишь усталость. От поиска. От скачек по кругу. И бега от себя на короткие и дальние дистанции. От прыжков с шестом на взятие рекордной высоты. Любви. И ее мужик в Штатах – болван и никогда не поймет Михал Михалыча Жванецкого. Это как хочешь подарить машину, а вместо этого даришь точилку для карандашей. Легкое несоответствие, правда? Друг в друга вписывать, подстраивать – это что за матрешкина игра. На расстоянии любимые становятся еще желанней?

Любовь предпочитает равных. Чтобы тоже в жопе гвоздь, как у Варецкой. И такой же дурной. Это хорошее значение слова в ее словаре. А так... "Ну кто же любит раз в неделю".

Некрасиво подслушивать чужие разговоры. Но звуковое пространство заведения едино. Тем более, в непосредственной близости от расплывшейся от напитка и эмоций Варецкой. Причина и следствие взаимосвязаны.

За соседним столиком слева двое. Она – эпохи раннего чип-энд-дейла. Ищет спутника жизни для отпуска в горах. По глазам видно – хочет причинить добро и машину. Он – лапуля-одуванчик после пффф, то есть с очень яркими волосами. Судя по виду, последний раз его генофонд трогали бесплатно лет эдак двадцать назад. Она все больше смотрит ему в глаза, а генофонд игнорирует. Он пошел в атаку и заказал леди пиво. А она хохочет уже не на бис, а на зло.

Как в анекдоте:

— У вас есть муза?

— А муза у меня нет. Вот такая в зизни зопа.

Социальное давление на женский организм в особых странах зашкаливает. Так что атмосферное в сравнении и рядом не валялось. И увезет он ее в какую-нибудь далекую Данию, свитер вязать. А она вот-вот допьет свое пиво и бросится его обожать. Ибо по глазам видно, хочет продолжения рода. И машину. Прям заклинило ее. Прям так она ему и сказала. Синдром навязчивых бобров. После чего одуванчик после пффф расщедрился и заказал к пиву орешки. И будут они потом стоять в спец одеждах перед тетей с челкой "Карлсон", которая нажелает им всего того, чего врагу не пожелаешь, то есть самого наилучшего и что-то там про ячейки и парусники. И на радостях свяжет она ему свитер с оленями. А он будет кормить ее козьим сыром и болеть головой по субботам. И так она и останется со своей душой и маленькой грудью. Без машины и с самокатом. И все у них будет непредсказуемо и спонтанно с девяти до восемнадцати ноль-ноль, его больная голова по субботам и гипермаркет по воскресеньям днем. В общем ситуация под названием "Людмила Добрый Вечер". Хотя чего обязательно так. Это еще смотря как Казанову своего выгуляет. Мало они пива выпили, ой мало. Потому что когда пьет мужчина — женщины вокруг красивее становятся. А для женщин эта схема не работает. Хотя чертивознает эту эпоху раннего чип-энд-дейла.

За соседним столиком справа громко пьют чай, делят

любовь, сервиз "Мадонна" и простыни подарочные "Грация", комплект. Он, она и третий. В качестве рефери и успокоительного для сторон развода. Кому графин, а кому невроз достанется. И фамильный пластик.

В это время к Раде подошел мужчина, благо без предложения себя и сердца на одну ночь. Он был в черном берете набекрень, с карандашами и листами бумаги. Можно сказать, ничего не выдавало в нем типичного художника. И, ба, удивительно. Он предложил нарисовать шарж.

Слева — начало каких бы то ни было отношений. Справа — их паршивый конец. А посредине этого кино, за столиком для двоих — Рада Варецкая. Одна. С виски. И два кубика льда, зачерпнуть рукой в ведре, кинуть в стакан и стряхнуть ладонь от колкой холодной воды.

Обычная такая проза жития. Сначала счастливые на фото, потом свадебные, дальше с ребенком — пробником человека — в охапке, фото на память, шарж.

— Спасибо вам, — отказала Варецкая художнику. — Рано мне еще шарж. Я вообще надеюсь, что он мне не понадобится. Да, я так хочу.

Мужчина в берете набекрень улыбнулся в ответ, сделал два шага в сторону и предложил свои услуги обладателям бытовых богатств. Те согласились.

В кино обычно музыка звучит громче, они поднимают друг на друга взгляд в замедленном движении и камера фокусируется на них. В реальной жизни как узнать, что это та самая — настоящая любовь?

Все просто. Очень просто. Ты узнаешь. Особенно, когда при покупке вредных привычек спрашивают паспорт — это хороший знак. Любовь не должна внезапно нагрянуть в восемнадцать ноль-ноль во вторник. Она случается в свое время.

— Siri, найти любовь.

— Рада, я не понимаю, что это значит. Возможно тебе стоит включить определение местоположения.

— Вот и я тоже не понимаю, где я сейчас. И дело не в геолокации.

— Это то, о чем ты думаешь?

— Ой, все! Ладно, не хватало еще с роботом беседовать.

Варецкая расплатилась по счету и направилась к выходу. В динамиках играла группа "Би-2".

Большие города,
Пустые поезда,
Ни берега, ни дна,
Все начинать сначала...

А заботливый бармен тем временем вместо заказанного алкогольного коктейля болтал кефир с мятой и украшал стакан вишенкой, пока уже порядком поддатый Толик, который ранее предлагал Раде чудеса на виражах, медленно моргал и пытался сконцентрировать свой взгляд на блендере.

Если долго искать название различному головотяпству и маразму, то оно найдет само. "Ле Сильпо" написано было на вывеске супермаркета, что находился в большом торговом центре. ТЦ с ярким логотипом посредине — главный смысл жизни. Как признак статуса. Его выбрали олицетворять.

"The pizdets", — подумала Рада и села в такси.

Водитель поздоровался, уточнил адрес и радостно воодушевленным голосом:

— Я вам сейчас такое покажу... — только и успел сказать

он.

Как вдруг откуда-то сверху вывалилась ерундовина размером со спичечный коробок. Прозрачная стекляшка упала и от нее откололась часть.

— … вот какой ангелочек у меня есть! — договорил водитель фразу и заметил, что маленькая стеклянная фигурка расколота. — Где же я теперь такой найду? Как считаете, может склеить? Вдруг получится? Ну где ж я такого же найду? Да и как теперь… Ну а вдруг получится склеить… — уже даже не спрашивал, а как-то сам понял, что увы. — Мне его подарила моя девушка… — выдохнул таксист, продолжая сжимать в руке расколотую статуэтку.

Обычный кусок стекла. В форме, мать его, ангелочка. А столько эмоций!

Неважно что. Важно кто. Неважно где. Важно с кем. Неважно как. Нет, важно как. Взаимно.

Я кто-то, или я никто?
Лет сто фатально одиноко.
Во мне всевидящее око,
Но не зашит рукав пальто.
Я много знаю. А зачем?
Я тонко чувствую. А надо?
Все это точно не награда.
Не радость мне, на радость всем.
Когда ты спросишь как дела,
Ты что, реально хочешь правды?
Или опять из-под кокарды
Рапортовать, что весела?
Дела хреново, оппонент.
Мне очень долго очень страшно.
И все песок, что было важным,

Но у меня абонемент.

Я с кем-то, или я ни с кем?

Вот миллион моих знакомых.

И только пять из них весомых,

С которыми без слов и схем.

Я для чего-то, или "так"?

И что с любовью? Непонятно.

Я задолбалась быть приятной.

А "быть попроще" – это как?

Я кто-то, или я никто?

Прости мне сбивчивость потока...

Поспи, всевидящее око,

Пойду, зашью рукав пальто.

© Ольга Аничкова "Я кто-то, или я никто"

Поговаривают, что в полночь Родина Мать машет кинжалом и танцует ламбаду. Враки все это. Никакой ламбады и в помине. Только ча-ча-ча!

Рада Варецкая немного покаталась по любимому ночному городу. Одному из любимых. И вернулась домой. Спать не хотелось.

"В жопу серьезность. От серьезности бессонница".

Она долго ворочалась на кровати и думала:

"Если я усну сейчас, мне останется поспать пять часов. А вот если я усну сейчас, мне останется поспать четыре часа... Хоть кому-то счет овец помогал уснуть?! Да конечно, ага. Ладно. Буду считать знакомых овец. Не факт, что помогает, но так интересней".

Рано утром по зеленым кружочкам на Facebook понятно, кто еще не ложился, а кто ведущий утреннего шоу.

Совершенно неожиданно, звуком из везде, само-забвенно и неистово какие-то душки и гугусики сверлили дом, будто мучили стекло пенопластом. Очень бодрит. Прям даже хочется этот звук на будильник. У кровати стоял рой мыслей, готовый броситься в атаку.

"Э-эй, просыпа-ай-ся! Только тебя и ждем! Уже испсиховались все".

Но, как говорила Мартышка из "38 попугаев": "Все время думать одну и ту же мысль нельзя! Это очень вредно! От этого можно соскучиться и заболеть".

"Так, а ну-ка здриснули, гадюки! – сказала Рада в тишине квартиры, швырнула одеяло на пол и быстро встала. – Люся, паникерша, ты тоже! Смотри, какая нервная! Пшла вон! Ну, фьюйть! Надоела! Проваливай! Попутный хрен тебе в затылок!" – обратилась Варецкая к своему внутреннему голосу.

Этой ночью ей снился кошмарный сон: будто кофе закончился. Кошмарный от того, что на самом деле мало спала, а значит без любимого напитка никак. Проснулась злая и с абсолютной уверенностью, что кофе нет. А оказалось, что показалось. И так сразу хорошо стало, настолько, насколько наличие кофе может улучшить полную жопу – ситуацию, а не физиологию.

В телефоне было два сообщения от Болингброка с промежутком в несколько минут. Рада открыла их, в надежде поднять настроение или хоть что-нибудь. Будто пыталась сама с собой договориться. Жаль. Точней зря! Поэтому загрузила себя разными рабочим делами, чтобы не спятить. А после поехала на встречу с Оскаром.

Они сидели за тем же самым столом в "Диване", где в августе прошлого года вместе с Полом Паркетом, тогда еще Пашей Галушко, на захмелевшую голову смеялись над ношеной одеждой. Там, где слова переросли в идею, идея в план действий и теперь проект вышел на решающую стадию, готовый целиком и полностью осуществиться.

— "Акция Новогодний подарок". Нормально вообще? Мобильный оператор сообщение прислал. В мае! — Оскар покрутил телефоном и шлепнулся на стул.

— В их бидон закралась какая-то мысль. К декабрю жди подарок. Кстати, мне кажется, что в Украине уличная реклама такая, мягко говоря, плохонькая, потому что "рекламный щит" перевели дословно. Видел этот банер с доктором-мужчиной с фонендоскопом, в БДСМ наморднике? С надписью: "Коррупция убивает". Это как? Заслушает до смерти? Исхлещет витаминкой? Отправит на электрофорез в неположенном месте?

— Мне везет. Еще не видел.

Подошла официантка. Оскар взял кофе, Рада заказала безалкогольный мохито. Девушка в фартуке то ли горничной из секс-шопа, то ли очень любвеобильной поварихи выдала заученный текст.

— Отличный выбор. Мы готовим мохито только на основе свежевыжатого фреша из сахарного тростника. Никакого "Спрайта", "Швепса" или любой другой содовой, — и удалилась.

— Нет, ты это слышал? Прелесть. А можно мне еще сегодняшнего лобстера. Свежевыловленного. Из Днепра конечно, откуда ж еще. Правобережного. У него мясо нежней. А устрицы херсонские? Лучше мидии? Ужгородские? Отлично. Мой любимый сорт. Блюдо придется подождать, пока разморозите лобстера? Конечно, конечно. Он же свежий. Я подожду. А в безалкогольный мохито налейте все же минералочки вместо газировки, ладно? — кривлялась Варецкая. — Изменился что-то

"Диван". Из рок-н-ролла превратился во что-то вопиющее. Ты видел этот фартучек?

— Я смотрел, скажем так, не совсем в том направлении.

— А расставленные на столах стаканы, вилки с ножами и прочая кухонная утварь. Как-то неудобно все это. Вечно сдвигаешь эту мутотень в сторону, а потом ее все равно уносят в логово кухни. Не нравится мне новый концепт некогда любимого заведения.

— Варецкая, ну ты и зануда. Я тоже много чего хочу. И одно из хотений — чтобы таксисты были неразговорчивые буки-интроверты. Но ведь не брюзжу как старая бабка.

— Пока тебя ждала, стала невольным свидетелем разговора одного горе-бизнесмена за соседним столиком. Он грозно так рассказывал в телефон: "Если вы не можете мне это сделать, я пойду к вашим конкурентам, у них-то наверняка это есть! Да-да, не сомневайтесь, что пойду!" Вот зачем он так? Очень неприятны такие люди. И доказывать им что-либо совершенно бессмысленно. Ибо дураку закон не писан, если писан, то не читан, если читан, то не понят, если понят, то не так.

— Я так понимаю, ты еще не адаптировалась ко времени, поэтому ворчишь, — резюмировал Оскар. — Как вчера вечер провела?

— Странная ночь. Очень странная. В одном из моих любимых заведений на плазмах порно показывали.

— Ну не знаю даже. Может таким способом продажи алкоголя пытаются повысить.

— Возможно. А потом один экспат, приняв на грудь и меня за кого-то очень легких взглядов предлагал: "А поедем-те в караоке". На мой категоричный отказ обозвал всяко-разно, грозился переломать ноги и звонить президенту. Что правда я не уточняла какому именно.

— Давай экспату отправим пригласительный на показ. Пусть тоже в благотворительности поучаствует, раз такой умный. Купит какой-нибудь пиджак цвета болота, или штаны с эффектом присутствия.

— Эффекта присутствия интереса среди дам? Еще чего, с дураками связываться. Хватит с меня эффектов. Достаточно того, что вчера уже наслушалась дискотеку девяностых.

— И как тебя туда занесло?

— О, у меня было самое лучшее место с точки зрения акустики. Под окнами моего дома строители устроили дискотеку. Тыц тыры дыц в худших традициях турецкого "все включено", и вот эта вот непонятная песня на незнакомом языке про Валеру. Нет, шум города меня никогда не смущал. Я его просто не слышу. Привет, Нью-Йорк. Но плохая музыка — это уже слишком. Громко было так, что гудело с закрытыми двойными стеклопакетами. Зачем я, такая нежная, должна это слушать? Можешь считать меня брюзгой.

— Да я сам такой же в плане музыки. И чем все закончилось?

— Звонила в сто два. Три минуты я ждала, пока кто-то ответит! Хоть не было: "Вы следующий в очереди, ваш звонок очень важен для нас, оставайтесь на линии". Просто гудки, и на том спасибо. Порой мне кажется, что полицейские — это мальчики, которые поступали и не поступили. Восемь минут ожидания! Нет, поговорили мы крайне мило, хоть там меня и приняли, быть может, за старушку сварливую, но это детали. "Дончу ноу пампирап юв гад ту пампирап" для меня аргумент для кляуз в любые инстанции. Я не горжусь этим. И мне плохо от как бы ябедничества. Но черт возьми, мне важен комфорт, в собственном доме особенно. Когда кто-то из соседей громко трахается — я радуюсь и искренне улыбаюсь. Это прекрасно и чудно, вах вах вах. Но тут под окнами только строители, собаки и песня про арам зам зам.

— Только не говори мне, что милиция приехала и все разрулила. Все равно не поверю.

— Честно? Я все думала, что блюстители порядка и моего спокойствия вдруг молодцы и отреагируют. Ведь в Деда Мороза я тоже верю. Но нет. Мальчиков по вызову перестала ждать, когда на всю округу заорала "Самба ди Жанейро" и группа "Мираж". Оставалась вся надежда на то, что у строителей зажует этот кассетный магнитофон и поломается карандаш для перемотки. А так как на бис этих повелителей переключателя звука никто не вызывал, концерт закончился к утру.

— Это Родина, детка.

— Оскар, я тебе сейчас расскажу историю, которая случилась со мной не так давно в Штатах. Набирала короткий номер, промахнулась цифрой и пошел вызов, набралось 911. Нажала отбой. Дальше пока тыкала уже в нужные цифры, перезванивают. — "Здравствуйте, к нам только что поступил звонок с вашего номера. Что случилось, мэм?" — "Просто случайно набрала вас, все хорошо", — ответила я, а в голове молоточки стучат: "Вот эт да! Вот эт да!" — "Вы уверены? Все окей?" — настаивала на своем оператор службы спасения. Мне пришлось ее заверить, что все прекрасно и я действительно ошиблась номером. Оператор пожелала мне хорошего дня и только тогда отключилась.

— Ничего себе! Я поражен! Ничего у нас хорошего видимо уже не осталось.

— Вот тут ты не прав. Хорошего есть и много. Это

люди. Как ни странно.

– Ладно, прекратим демагогию. Давай лучше вернемся к проекту.

– С удовольствием. Только еще кофе закажем. Поскольку я сегодня в тринадцать часов утра поняла смысл виски с "Колой": вечером виски, утром "Кола".

– Пила вчера?

– Немного. От мыслей выключиться.

– Помогло?

– Конечно нет.

– Мало значит выпила.

– Одноразовые посягатели на руку и сердце в баре будоражили мой рвотный рефлекс Поэтому рано домой уехала. Думала посплю, а там дискотека под окнами. Отвлекалась работой, как обычно. Как прошел твой день?

– Словил себя на мысли, что я, взрослый и адекватный мужчина, смотрел "Сумерки" и плакал.

– Ты хочешь поговорить об этом?

– Нет! Лучше похвастаюсь – купил новую аудиосистему из двух колонок и сабвуфера в виде попы. Чтобы включить, нужно шлепнуть по ягодице сабвуфера так, чтобы она покраснела. Для увеличения громкости тру полупопие по часовой стрелке, для уменьшения – против часовой.

– Это ж как шлепнуть надо? Так и рука может заболеть. Главное по пьяни сабвуфер не трахнуть.

– Я буду нежным, – ржал Оскар.

– Чудно. Давай о работе. Пресса и телевидение аккредитованы. Facebook уже кишит информацией. Видео ролик давно смонтирован. Разносчики еды на мероприятие забронированы. Все будет очень гламурно и необычно, даже закуски. Какие-то котята на шпажках и плюшевые мишки в сухарях. Чисто ради интереса — там же соборы, святые мощи через дорогу от "Арт Пространства", где будет показ. Что думает церковь о таком местоположении?

— Это место культурных мероприятий города. А то что напротив святыни и кладбище святых мумий — ну да бог с ним. О, каламбур какой-то получился.

— Других крупномасштабных мероприятий в городе на нашу дату — двадцать шестое мая — нет. А даже если бы и были, у нас все равно все будут. Никуда не денутся. Так им самолюбие и тщеславие никто не поласкает. Одним словом, будет весело, — заключила Рада. — Ладушки, я поеду еды куплю. В холодильнике мышь повесилась и даже записки не оставила. До завтра.

К вечеру в телефоне объявилась Маруся, как и обещала.

— Ахтунг. Срочно нужно с тобой поговорить. Свободна сегодня?

— Полностью. Ты где?

— Уже дома.

— Еду! — тут же отреагировала подруга и отключилась.

Через полчаса Лактионова была на пороге.

— Короче, ты мне определенно не нравишься. Смотри какая нервная! Что-то у тебя акклиматизация затягивается, — выпалила с порога Маруся.

— Ты даже не представляешь какой у меня сумасшедший период. И дело не в смене часовых поясов. Дело снова в привыкании. Или отвыкании, я не знаю.

— Говори.

— Скупила треть супермаркета, а на кассе у меня спрашивают: "Пакетик давать?" Человек, который проектировал этот торговый центр — идиот! Как, ну как можно располагать супермаркет на минус первом этаже, на пассажирский лифт вешать знак "С тележками запрещено", а перед выходом из торгового центра на нулевом этаже делать ступеньки! Единственный выход без ступенек – на паркинг. А я ж с тележкой, набитой доверху! Таксист ждет у входа. Потом по моей просьбе заехал конечно на паркинг. На паркинге пробка. Таксист ржет, и ищет меня. РЗ 17В, кричу я ему предполагаемые координаты местонахождения. Морской бой какой-то.

– Я так понимаю спас, раз ты дома с полным запасом еды и без запасов терпения.

– Да уж. Пока вез, рассказал историю, как ему пришлось забирать двух девушек... из леса! Говорит, приехал по указанному адресу, а там лес. Звонит, уточняет, где пассажиры находятся. А они между деревьев бродят, выбраться не могут. – "И как я вас найду?" А козочки ему в ответ: "Вы езжайте на голос! Мы заблудились, выручайте".

– Святые печеньки! Как они?.. Хотя нет, не хочу даже знать этого. И тем не менее, Рада, не могли же тебя ступеньки супермаркета в такую вафлю превратить.

– Дома развернула пучок петрушки, дай, думаю, салатик сделаю. А в петрушке трава неведома намешана. А это... Это вообще!.. Есть ли еще большее жлобство? Коробок без спичек? Пуговицы без дыр?.. Это уже даже не смешно. Я снова в Киеве. И в доме опять нет горячей воды. Будто и не уезжала. Хоть объявление пиши: "Требуется, вредные привычки и внешность не имеют значения. Главный критерий – наличие горячей воды". Мне не привыкать привыкать. Но елки-палки! Короче, пора снова уезжать. Я тут больше не могу!

– Бойлер – лучший способ искренне полюбить место

проживания.

— Виза — лучший способ. А бойлер я уже пыталась выбрать. Нижняя подводка труб, внутреннее покрытие бака — эмаль, или биостеклофарфор, или мелкодисперсная эмаль, ТЭН мокрый или сухой, возможность косвенного нагрева, электрический накопительный, давление воды, магниевый анод, тип камеры сгорания, напольный, настенный, вертикальный, квадратный, горизонтальный, в жутких розочках... Мне стало плохо сразу же, как ввела в поисковик слово "бойлер". Потому что в моей голове синус умножить на котангенс равно капучино. А там все эти бесконечные характеристики и какие-то неизвестные слова. Так что человек, знающий такие слова как редуктор и ниппель правит этим миром балбесов в сантехнике.

— Выберу и установлю тебе бойлер. Делов-то! Займусь этим завтра же.

— Спасибо, Марусь.

— Да без проблем. Буду ответственна за твою гигиену. Плед из котят хочешь для душевного уюта?

— Я буду в форме и хорошем настроении уже совсем скоро. Просто бывает, что иногда нет-нет да и да! И еще. Мой мир отныне не станет прежним. Сегодня я узнала, что картонка от туалетной бумаги называется втулка.

— Я недавно по телеку увидела. Спонсор кулинарной программы — туалетная бумага. "Это ж какое-то..." — подумала сначала я. И только через минуту дошло: все верно, да. Логично, — хохотнула Маруся и добавила. — Может тебе в СПА сходить, расслабиться. А, смородинка? Ты себя видела сейчас? Лицо как булыжник.

— Спасение Проблемной Анатомии? У меня же нет такой, — улыбнулась Рада.

— Сделают тебе массаж, обернут в какую-то липкую

жижу, мыльно-рыльными средствами обмажут, подремлешь часик в салоне. И снова зачирикаешь, как миленькая. Или сходи в спортзал, развейся.

— Мой организм хронически отвергает все корпоративно-групповое, тяжелое и железное. Каждая очередная первая попытка тренировки чего-нибудь на теле заканчивается всегда одинаково. Обычно это три стадии: купить годовой абонемент, сходить один раз, убедиться еще раз в вышесказанном и выкинуть абонемент. Но честное слово, я всегда обхожу спортклуб внутри и снаружи. А потом возвращаюсь к привычному спортивному графику: ходьба пешком, регулярное изматывание сном девять часов в сутки, секс. Аль Пачино примерно по такому же принципу живет: "Всякий раз, когда у меня появляется желание заняться своей физической формой, я ложусь и сплю до тех пор, пока оно не пройдет". А это значит, я не одна такая. Нет, ты не подумай, Марусь, я не жалуюсь. И не ною. Хотя выглядит, наверное, именно так. И вообще я видимо просто устала. И Siri совершенно не умеет больше разговор поддержать. Ни на каком языке. Вот раньше могла наругать, чтобы ее не обзывали, долго оправдываться за поиски золотого руна, а сейчас... эх, чуть что — сразу делает вид, что мы не знакомы. Нормально, да? Такая зануда стала.

Маруся ждала, давая Варецкой высказаться.

— И проклятые спамеры на Facebook, которые меня раньше развлекали, теперь совсем обнаглели. Теперь нет этой заманчивой матричной прелюдии чисел ноль один ноль. Ни здрасьте тебе, ни я хотеть вас дружить а пальмы плыть по небу и вы написать под лебедь. Как-то сухо очень, только одна фраза: "Для более детальная информации писать на имейл". И хоть на фото красивые глаза, но, как говорится — это все. То есть лицо от Джоконды, тело от броненосца Потемкин. Я так не играю. Вот раньше: "Курочка красивый в меховой вазе сапоги". Так же ж гораздо мелодичней отправлять в бан.

— Эвоно как. А как ты считаешь, если мужчина на Facebook "толкает меня"...

— Это кнопка вот эта бессмысленная, социально-сетевого секса, да?

— Ага. Если мне приходит "Poke" от мужчины, как ты думаешь, он обязан на мне после этого жениться?

— Facebook не повод для знакомства. Скажи, так себе мы с тобой комики, — Рада улыбнулась. — В довершении ко всему прочему ловлю себя на мысли, что мужчина, который мой, как бы не мой, — добавила Варецкая после недолгой паузы.

— Эко тебя разбросало по эмоциям. Теперь я понимаю первопричину. Так бы сразу и сказала. А то ишь ты, петрушка ей не угодила. Что уже случилось с твоим двухкомнатным белобрысым Инглишменом?

— Любит он меня.

— А ты?

— Я? Он конечно замечательный, милый, красивый, добрый, внимательный, заботливый. И хороший. Очень. Даже слишком. Он смотрит на меня так, будто я бурбоновый бисквит.

— Но?..

— Но мужчины, которые добровольно едят сельдерей, меня настораживают, — плохо пошутила Рада. — Н-да, видно, у меня чувство юмора просквозило. Я не на той же волне. Мы с ним разные, понимаешь? А может, я сгущаю краски... Конечно, я люблю его. Но по-своему. Не так, как мне бы хотелось. Если любовь — это привычка, то я к нему все никак привыкнуть не могу. Он — не моя вредная привычка.

— Да уж, понимаю.

— Это еще не все.

— Вечная драма…

— Он сделал мне предложение. Перед самым моим отъездом сюда. Теперь смски наяривает.

— Это же замечательно, Варецкая! Согласилась?

— Сказала, что мне надо подумать.

— Фу как пошло!

— Согласна. Так много думать ну просто неприлично. Потому что в голову лезет всякое. А самое главное, что в области языка и понимания нашей долбанной славянской души он калека…

— Рада, ну и что! В "Спанч Бобе" вообще у краба дочь — кит. И· ничего, и наплевать. Зато твой — восхитительный мужик. Судя по его поступкам.

— Я так не могу. И не хочу. Работы сейчас очень много вдобавок ко всему прочему. Мне это все не вовремя.

— А когда оно вообще вовремя?..

— Марусь…

— Дура ты, Варецкая. Потом же сама будешь жалеть!

— Не исключено. Но сейчас вот так, как есть.

— Вечно мы разбрасываемся и не ценим хороших мужчин. Нам же ж такое не надо. Нам, видишь ли, мерзавцев подавай. А потом еще удивляемся, а куда это вдруг все нормальные и адекватные подевались! Ладно-ладно, я как-нибудь воспользуюсь случаем для самой отвратительной фразы "Я же говорила".

— Дарю тебе это право!

Они снова сидели на балконе у Варецкой, пили облепиховый чай и разговаривали, долго-долго, как раньше, вживую, а не в телефоне. И не нужно было учитывать разницу во времени, качество связи и нужные смайлы, чтобы как можно точней передать эмоции.

— Хотя, Варецкая, может ты и права. И если разум сопротивляется и кричит: "А если, а вдруг, а быть может…" Посылай его в жопу! Только ощущения самые верные. И пусть ощущения порой ищут оправдания действиям — чушь это все.

— Судя по моим ощущениям, у меня нет ощущений. Вот так ждешь-ждешь бабочек в животе, а они как разблюются. Я запуталась. Я, блин, нитки!

— Так бывает, подруга. Это жизнь.

— Да! И она прекрасна именно тем, что непредсказуема! В такие повороты заводит, что ой… И если происходит какой-то гнусный мутабор — не стоит впихивать невпихуемое. А выходит, что я вру самой себе, уговариваю себя, выдаю желаемое за действительное. Долго же это делать невозможно. Срыв неизбежен. Поэтому только желания решают. Главное знать чего хочешь. И уж если захотела чего-то — оно непременно сбудется, без погрешностей на обстоятельства, ограничения и рамки. А нюансы это опыт. Ибо важно еще знать, чего именно не хочешь и как не должно быть. Все будет. Мне казалось, что оно сбылось, только лишь с несколькими погрешностями. Неправда! Желание сбывается именно то, которое загадываешь. Все случается в нужное время. Нет, можно конечно пострадать на полную катушку, покрошить все в капусту, или даже пореветь ревом коровы, долго, часа два. Жалеть о том, чего не было и грустить о том, что могло бы быть. А потом обязательно случается высший пендель и громкий быдыдыщь. И в голове становится радостно. Ибо отпускать надо вовремя. Уходить надо вовремя. Вообще делать все надо вовремя. Дружить, быть, любить. Жить. Наслаждаться.

— У тебя, насколько я поняла, ситуация уже вполне понятно сформировалась в башке. Но все же уточню... — и Лактионова замолчала.

— Знаешь, я хотела написать какой-нибудь паршивый стих из серии:

Рада, ты балда и это твоя вина.
И если нету сна, налей себе вина.
И он такой один. парам-пам-пам...
Не любим.

Но на самом деле ничего не рифмуется с тем, что слишком он хороший, а я – бла-бла-бла...

— Вот же ж унылое дерьмо.

— Марусь, не бухти. Реально неохота даже спорить с тобой... Настроение джастинбиберабл.

— Что ты собираешься отвечать Болингброку?

— Пока ничего. Телефон – не самый лучший способ для подобного разговора. А как вернусь в Нью-Йорк... "Не могу. Нет", – Рада сделала паузу. – И не молчи на меня так. И без того паршиво.

— Еще чаю?

— Да.

— Сама-то чего молчишь? – спросила Маруся, разливая облепиху по чашкам.

— Порой мне кажется, что жениться нужно в Вегасе. А то мало ли вдруг что. И виноватых искать не придется. Все ж пьяные замуж в Вегасе выходят. В Вегасе непременно нужно быть пьяным. И вообще когда женишься пьяным в Вегасе, как-то проще все выглядит. Что было в Вегасе –

останется только в Вегасе. И тогда, опять же если вдруг что, бессмысленно будет кричать про то, как отдала лучшие годы, те самые, что между подростковыми прыщами и старческими морщинами. Что он – свинья такая-разтакая. Еще бы, в Вегасе только так и женятся. Впрочем, там еще и не так женятся, да и вообще каких только состояний Вегас не видел. Не зря Вегас в переводе значит пастбище. Или причитать спустя подобатнадцать лет: "И куда только глаза глядели". В Вегасе глаза глядят в одну только точку на потолке, которая постоянно норовит улететь на вертолете и бесплатно дарить кино. А то что вот это не пойми что с девером, баяном и брейк дансом под Сердючку, с дурацкими конкурсами и в платье типа взорвавшийся торт. И законом, вверенным тете с начесом "сладкая вата", она вещает что-то про два парусника, которые входят в гавань любви, желает того, чего врагу не пожелаешь, то есть всего самого наилучшего. И признает легитимность приватизации половых органов двух людей, которые поставили государство в известность, что спят вместе. А потом все жрут салат "Крабовый" и что-то кидают в банки. В Вегасе как-то безответственно красиво. И потом три года не кризис, и семь лет не срок. И тридцать лет возможно. В невадовском ай ду долго и счастливо, пока в любой церквушке любого отеля можно пожениться хоть с ведром. Абсолютно логичный вопрос: "Выходи за меня?" Абсолютно дурацкий вопрос на самом торжестве "выхода за него", когда спрашивают: "Согласны ли вы взять" – ну и дальше по тексту. Все равно, что: "Согласны ли вы, что в прямоугольном треугольнике сумма квадратов катетов равна квадрату гипотенузы?" Обамериканенный вариант торжества не шибко отличается. Разве что вместо Сердючки Шакира поет, никто не использует женскую туфлю в качестве бокала и речь про парусники адаптирована под другой сегмент целевой аудитории.

— А знаешь, нельзя остаться вот так вот просто в жизни без этого ритуала, в котором роль шамана-затейника исполняет тетя с прической "сладкая вата"! Это как остаться некрещеной. Как можно не иметь в архиве домашнего видео с душераздирающим сюжетом под песню "Обручальное кольцо" на синтезаторе. А перекатывание яйца по штанинам свидетеля? А родственник, отдыхающий в салате? Это все равно, что жизнь прожита зря! - хихикнула Маруся.

— Жизнь прожита зря, если без любви. Все остальное – мишура. Только кольца должны быть красивыми. Просто потому, что я люблю красивые вещи. И никакого подвоха. Но детей рожать лучше в Майами. Там мило. Прям сколько раз там была – все время хотелось срочно беременеть, беременеть, беременеть и рожать, рожать, рожать. Думаю объявление дать в стиле журнала "Крокодил": "Хочу рожать в Майами. Кому еще нравится Майами – давайте переписываться".

— Я бы предпочла в Майами стареть, – сказал Маруся.

— Давай переписываться? И Рада выдавила из себя подобие улыбки.

— Ягодка, ты знаешь, почему у тебя глаза карие?

— И почему же?

— В тебе говна много, – сказала Маруся и засмеялась.

— Только ты мне такое можешь сказать, зараза.

— И характер у тебя золотой. Потому и тяжелый.

— Спасибо. Я тоже тебя люблю. Так все, брысь. Вали на хрен, на Олегов. А я включу какой-нибудь фильм. Все никак не могу заставить себя посмотреть "Однажды в

Америке".

— Отличный фильм, кстати.

— Да. Наверное. Но у меня не идет. До конца досмотреть меня лично не хватило.

— Это еще почему?

— Там в начале фильма всех кроваво убили. И за эти двадцать семь минут никто не произнес ни слова. А я не могу, когда в фильме молчат, потому что мои мысли, мои скакуны. Нужен звук, и чтобы что-то маячило перед глазами. Так проще не думать о том, о чем не стоит думать.

— Рада, ляг спать. Помогает в любых ситуациях. К примеру, Олег, когда я вдруг начинаю заводиться, мгновенно уходит в зев и его клонит в дрем. Такая у него защитная реакция организма. Очень полезная между прочим. Вот бы и мне так. Но нет, набор дешевого китайского фаянса для битья, громкий ор, массаж ступней — мой вариант.

— Черт его знает. Включу Патрисию Каас. Обожаю ее. Всегда поет с таким сдержанным остервенением. И попробую пореветь, если получится. Так сказать устроить персональный дождь. Или уж наверняка — слезодавилку Лару Фабиан. Самое время для очищающей истерики, чтобы выйти из этого состояния морального онанизма и душевного раздирая. Я мучаюсь от того, что я не мучаюсь. Тягаю себя за уши, а вылезти пока не получается. Не Мюнхгаузен я, Марусь…

— Рада, ты локомотив. Можешь поставить на уши или в любую другую позу совершенно кого угодно. И себя вытянешь. Времени нужно время.

— Фу, какая пошлость. Почему ты говоришь статусами из ВКонтакте?

— О! Так держать. Вот увидишь, все непременно будет охрененно! Расставаться с прошлым надо смеясь.

— Ура! — выдавила из себя Рада, чтобы заглушить известное ощущение, когда начинает предательски щипать в носу. Сделала глубокий вдох и добавила: — А пока что можно заняться любимым делом — растопырить пальцы ног. А то какие-то люди, дела, разговоры... Буду налегать на хорошее настроение. И пошли они все в жопу! В одну.

НУЖНО ЧТО-ТО ДЕЛАТЬ

Э то случается всегда спонтанно, когда не ждешь. Глаза горят. Язык на взводе. Что-то носишься, суетишься, царапаешь каблуками паркет. Это вдруг обрушивается и так искренне каждый раз удивляет. Как турбированный ЗИЛ кабриолет в Есентуках. Как Барби-пенсионерка с вязанием в Монако. Как прокипятить iPhone перед использованием. И взболтнуть. Это случается крайне редко, по крайней мере, с Радой Варецкой. И вот этот момент настал. Опять! Нечего! Надеть! Впрочем, женщины вечно жалуются, что нечего надеть. И если взглянуть на журнал Playboy — это чистая правда.

О чудный момент, когда утром оказалось, что спала на

лице. А потом идешь по центру города, спешишь, и джинсы рвутся пополам.

Сильные люди всегда немножко ку-ку: грубые, любят сарказничать и много улыбаются. От безучастия. Опять.

Рада тихо чертыхалась в примерочной, пытаясь что-нибудь быстро подобрать себе из одежды. Судя по джинсам, что продаются нынче для девочек в Киеве, их шьют для длинноногих дылд с коровьим задом и невероятно маленькой пяткой для впихивания в штанину. Какие-то джинсовые колготы! И выбрала черное платье.

Прям в новом наряде прошла к кассе, расплатилась, там же отрезала все этикетки и сняла чипы. И, выкинув свои разорвавшиеся джинсы в урну на выходе из магазина, направилась на модный показ.

В гримерке Пол Паркет разглядывал свое отражение в большом зеркале, а увидев Раду, обернулся.

— Рада, как думаешь, у кого больше, у мужчин или у женщин, одежда для спорта должна скрывать недостатки?

— Пол, если занимаешься спортом, недостатки могут скрываться только в голове. Но им одежда не поможет. А если по жизни тефтель, то это даже спорт не справит. А тебе зачем вообще?

— Тренажер заказал. Универсальный, раскладной. Для всех типов мышц.

— Паркет, ты знал, что любой тренажер, стоящий дома, имеет свойство во временем превращаться в вешалку? Или сам хочешь проверить?

— Значит я, Рада, уже купил себе вешалку, — надулся Пол.

— Подожди, подожди, — насторожилась Рада, — Какой ты говоришь тренажер купил?

— Универсальный. Раскладной. А что? — удивился Пол.

– Ой, не могу, – смеялась Рада. – Ну Паркет, ну дорогой. И ты туда же! Подожди, дай проржаться. – Рада хохотала от души. – Ты что, в телемагазине тренажер купил, ик?

– Ну да, а что?

– Знаешь, есть такой великолепный тест, называется "Познай себя". Значит так, выбирай:

Ты красивый?
Да – 1 балл, нет – 0 баллов.

Ты умный?
Да – 1 балл. Нет – 0 баллов.

Результаты:
2 балла: Ты умный и красивый.
1 балл: Ты или умный или красивый.
0 баллов: Ты уродливый дебил.

– Рада, я обижусь… – надулся Паркет.

– Да ладно тебе. Ты же самый умный и самый красивый, теперь-то уж точно, с тренажером! Ну вот, ик, из-за тебя икать нача-ик-ла. Аа-ик-аа! Как остано-ик-вить икоту?!

– Водички принести? Или напугать?

– Да иди ты в жопу со своей водичкой, звезда ниток и нагрудных карманов! Сейчас показ! Ик! Как я буду… Ик…

– Ну, прости, Рада, я ж не знал. И вообще ты первая начала, – обиделся Пол Паркет.

– А кто у меня спрашивал: спортивные лосины под цвет глаз лучше выбирать или в тон кадыка, м?! – Рада набрала полную грудь воздуха и задержала дыхание. – Ух ты, вроде прошло. Ик! Тьфу ты! Ик. Твою, ик, мать, Паркет!

– Тише-тише, ну прости, Рада.

Пол в мучениях метался между с трудом удерживаемым смехом и вероятностью получить волшебного пенделя по коленной чашечке.

– На тебе все же водички.

Смех победил, и Пол насильно всунул стакан с водой в руку Рады и быстро отошел.

– Ты чего ржешь, Паркет? – спросил Оскар, зайдя в гримерную.

– А просто так.

– Что случилось?

– Я сделал так, что Варецкая... икает.

– Ждешь за это орден Диора третьей степени?!

– Водички попьет, нормально будет. Ну, в крайнем случае, испугаю ее. Или за ногу вверх тормашками подержим.

– Как у тебя организм не отторг еще голову как ненужный орган. Быстро мороженое неси из холодильника! Срочно!

– При чем тут мороженое?

– Потому что когда Рада начинает икать, этот процесс становится бесконечным. И помочь может только мороженое! Бегом я сказал!

– Ничо-се... – сказал Паша, но быстро побежал за пломбиром.

– Я все слышала, – сказала Варецкая.

– Все-все?

– Зачем ты Пашу пугаешь? Не нужно мне никакое мороженое.

— Я знаю. Метод кнута и орала. Ты орешь, я луплю Пашу. Отомстил ему за поведение на нью-йоркском показе.

— Оскар, я не просила этого делать.

— Надоел он мне страшно. Тебе легко, а я с ним двадцать четыре часа в сутки, будто надзиратель. Как хорошо, что сегодня все закончится.

— Я сейчас вернусь.

Варецкая вышла, умыться и привести себя в чувство. И там, в фарфор-фаянсовой комнате увидела "Тоттолет". Название системы, которая позволяет не сидеть орлом, а очень даже одноразово умостить свой зад, чтобы никто не узнал по отпечатку. А учитывая, что унитаз наоборот читается как затину, то это какой-то троллинг с бачком. Варецкая еле сдержалась, чтобы не заржать и снова не начать икать. И сразу вытерла руки бумажной салфеткой, поскольку так даже в инструкции по использованию сушки написано: "Подставьте руки под сушку. Подержите руки под воздухом. Возьмите бумажную салфетку и вытрите руки".

По пути обратно в гримерку Рада остановилась практически посредине зала, наблюдая за происходящим.

Самоварное золото смешалось с восемнадцати каратным. Публика на модном показе Пола Паркета в своем потреблении напоказ выглядела омерзительно хорошо. Кто хорошо, а кто откровенно омерзительно, в надежде блеснуть, выделиться и быть не как все. Ох уж это пресловутое не как все и при этом желание объединения в группы таких же любителей "не как все".

Прям как у Жванецкого: "Мужчина и леди. И вот он со своими лядями..."

Спутницы "спонсоров" – молодые кобылки, которые

пластмассовым выражением лица дуют губки куриной попкой. Вечные светские львицы, которые кидают понты в поисках на кого бы их уже уронить. Все те, кто готов продаться в стране, где много комиссионок класса люкс. Самодовольные доморощенные интеллигенты, что чванливо хвастаются своей исключительностью и при этом выглядят, как хамон в авоське. И само собой пресловутые Валеры, которые в погоне за трендовостью теряют собственный облик лица и нравственные принципы. Они пахнут пригорелой сиренью и создают антураж для массовки.

Гости перемешались. Красивые люди в красивых нарядах. Некрасивые люди в красивых нарядах. Красивые люди в некрасивых нарядах. Некрасивые люди в некрасивых нарядах. Был мужчина, чинно попивающий энергетик через соломинку. Была дама, громко жующая жвачку. Все много говорили. Многие делали вид, что слушали. Многие делали вид, что умеют говорить. Какой-то мужчина в костюме гусара с энтузиазмом подносил руку дамы ко рту и не целовал.

В глаза бросалась амазонка в климаксе: дама с начесом на голове, который увеличивал ее рост в холке на десять сантиметров. На ней же были прозрачные пластиковые очки на пол лица, что обычно используются для защиты глаз от пыли или краски. О, это всеобъемлющее слово эпатаж. В профиль она выглядела, как бы повторяя очертания Арарата.

На любом мероприятии, будь то пляжная или музыкальная вечеринка, или модный показ, обязательно найдется дива с оголенным пузом, в массивных серьгах и в длинной юбке. Точно так же часто выглядят лесбиянки-хипстеры или цыганские хиппи. И сразу видно – с легким

249

флером чокнутости, куда ж без него. Она обязательно пройдет по залу туда-сюда, раза два три, для пущей убедительности, сминая магнитное поле Земли своим чванством. Важно так, еле заметно совсем, шевельнет пузиком и скроется в тюли вечеринки. Кто она и чем занимается – никому не интересно. Но как не заметить-то. Все обратят внимание на это пучеглазое мракобесие с макияжем в стиле абстрактного экспрессионизма.

В углу неприметно умостились двое. Он – навскидку древнеримский подданный. Она – ну, может лет двадцати. Мужчины молча поглядывали и будто бездвижно кивали, дескать, глядите, а дед-то – красавчик. Девушки сочувственно пялились на беднягушку. Ее хотелось накормить супом. У него – спросить, видел ли хлыщ адмирала Колчака лично. Очень хотелось верить, что этот дед – ее собственный, который агукал, когда она писала в пеленки и читал ей на ночь "Чиполлино". А так то конечно совет им да любовь, безлимитную кредитную карту и валокордин в холодильнике не просроченный.

И конечно фоном, тут и там, козыряли облауреаченные шоумены. Кстати, у любого начинающего шоумена обязательно есть штаны в клетку. А когда растет курс доллара, так сразу увеличивается число диджеев. И уже неважно кто меритократ, а кто понемногу заражается снобизмом. Поскольку он, курс, – ветреный и легко-мысленный. То ему то, а то сразу раз – и это!

Мужчины и бабины топтали друг другу ноги и настроение, позируя для объективов. И улыбались под фонограмму, пока скулы не сводило судорогой. Вечеринка, где все друг друга немножечко презирают и радостно жмут руки до переломов кистей, набирала обороты. Чинное напомаженное кринолиновое нашествие кинулось уничтожать закуски и культурно повышать градус настроения до состояния битья бокалов. Когда основной наплыв позеров для светской хроники прошел, из сумочек и карманов появились телефоны с фронтальной камерой. Чемпионат на самый оригинальный кадр в позе "Мыслителя" и самый сексуальный снимок Джоконда стайл одновременно с дакфейсом, чтобы побыстрей выложить в Instagram. Иначе подписчики подумают, что хозяин аккаунта умер, раз ничего нет в сети с самого полудня, сразу после фото утренней пробки с подписью "Городская эрекция" и шоколадным десертом неоднозначной формы с орфографической подписью, после которой хочется сесть человеку на лицо. "Толи сердце, толи попа". То ли воля, то ли неволя. Бедный, бедный Толя.

Особенные балагуры при вспышке топырили "козу", иногда добавляя язык, дескать, рок-н-ролл жив, а не как поет Ленни Кравиц. А так же Facebook и Instagram пестрел фотографиями "писовцев". Обычно такие люди делают вид, что им не до фото и вообще они стеснительные-с, разворачиваясь тем временем к камере своей хорошей, фотогеничной стороной. А в зависимости от количества выпитого алкоголя, пальцерастопыреватели трансформируют "мир" в "куннилингус".

Нафотографировавшись всласть, и уже порядком под градусом, пошли потоки сознания в Facebook. Про показ, приобщение к касте, и чекины с подписями "Я тут" – все как полагается в обычных случаях хвастовства. Кто-то писал рулоны текста в ленту, выдавая свои мысли за аналитический репортаж с места событий, кокетливо добавляя в конце: "Уже столько всего повидал в этой жизни, что хоть книгу пиши, а сейчас – это так, немного виски шалит да по клавиатуре телефонной бьет и ой, завтра непременно будет немножечко стыдно". А так же череда постов, которые настолько философские, что даже сам автор не всегда разберет суть, подписчики тем более. Понятно лишь одно: сюжет закручен лихо и автор пьян. Ему будто бы самому претит то, что он здесь находится, на этой тусовке, но как иначе, раз полагается по статусу. Тем не менее, в комментариях "друзья" хвалили и восхищались, добавляя, что крепкий алкоголь ничего-шеньки не портит, и что Хемингуэй тоже по пьяни писал, только был абсент вместо виски. Ну да, а потом Хемингуэй пустил себе пулю в голову из ружья.

А дальше началось шоу.

Пол Паркет еще раз обвел взглядом обалдевшую от происходящего аудиторию и ушел с подиума. Мелькал душераздирающий видеоряд под закадровый голос, который сообщал, что нужно быть добрее, суки. Не так прямолинейно конечно, но очень понятный и слёзо-давительный копирайт. Видео ролик только что известил собравшихся о главной причине модного показа. "От вашего имени был сделан взнос". Экран погас.

Нет более противоречивого чувства, когда тебе дарят уже оплаченное участие в благотворительности за твои же средства. Когда вещи модной коллекции на самом деле оказались подержанным хламом из секонд хенда.

Зрители шоу утонули в собственной тишине: вкус и цвет местной нации, уместившие бриллианты и самомнение, то есть всех себя без остатка в первом ряду, операторы телеканалов и фотографы, продолжающие снимать уже больше по инерции, журналисты, на миг оторвавшиеся от своих телефонов. Все, решительно все были парализованы тем, что минуту назад произошло на их глазах. Это был скандал. Когда публика немного отошла от остолбенения, прозвучало первое негромкое: "Твою мать!"

Так должно было быть. По сценарию. Скандал. Но случилось другое. Звучали аплодисменты.

Человеческая воля и нечеловеческое усилие усмирило гордыню. Рада Варецкая решила ничего не озвучивать, и заготовленное видео не включать. Понятно, что видео ролик сделал бы страшный скандал. Так по дизайну идеи красивей ложилось. Но все же она чуть не умерла от отвращения и невыносимости. И поняла: правила игры и правила жизни разнятся. Ничего рассказывать ни этой, ни любой другой публике не стоит. Потому что в данный момент все радовались и аплодировали. Показ закончился. "Браво" – кричали гости и хлопали в ладоши, не зная, что их обманули. И что в желании выпендриться они на самом деле сотворили дело на благо.

Их чувство противоречия от участия в принудительной благотворительности было решено не тревожить. Аттракцион невиданной щедрости. Рада подала очень смягченную форму всеобщего невежества – в форме канапе на палочке, чтобы в памяти сохранилось хорошее впечатление о проведенном вечере. Поэтому гости модного показа просто выпили, перекусили и хорошо провели время. Все остались милы и морально опрятны, а не с выпотрошенными наизнанку ощущениями. Пускай остается все как есть, по совести, по своей. Чтобы в желании сделать благо, не чувствовать себя отвратительно после. А на сценарий чихуахуа.

Пол Паркет вернулся в гримерку удивленным.

– Твою мать! Что-то случилось с экраном! Видео не запустилось! Паша просто вышел, поклонился и все! – нервничал Дуров.

Вбежал Оскар.

— А что с видео? Почему все похлопали и теперь идут дальше пить? — сказал тот.

— Между прочим, я "слил" информацию, что сегодня ожидается супер новость! — вставил Питер.

— Я передумала.

Наступила минута молчания. От неожиданности поворота событий. А казалось, будто почтили избавление от снобизма.

— Рада, ты хоть понимаешь, какая могла быть информационная бомба?! Оглашение о том, что все шмотки из секонд хенда — это должно было взорвать медиа поле! Прошлепать такой шанс! — накинулся на Варецкую Дуров.

— Пойди я до конца, включи я видео, узнай все эти люди изнанку — да, говорили бы обо всей этой затее еще долго, дня два. По меркам Facebook это очень долго. Только кто я после этого, а, Дуров? Кто мы все после этого? Не лучше их всех вместе взятых! Всех тех, кто пришел на модный показ. Сурикаты!

— Кто-кто? — Дуров сделал удивленное лицо.

— Зверьки такие. Сурикаты — вид млекопитающих. Каждая семья состоит из пары взрослых и их потомства. Самка может быть крупнее самца по размерам и доминирует над ним. Телосложение у суриката стройное, но его скрывает густой мех. Имеются паховые железы, выделяющие пахучий секрет, который скрывает складка кожи. На передних лапах длинные и крепкие когти. В теплый день любят греться на солнце, принимая самые причудливые позы. Часто меняют жилища. Сурикаты — высокоорганизованные животные, которые объединяются в колонии, включающие в себя две-три семейные группы.

Кланы сурикатов враждуют между собой за территории. На их границах нередко происходят сражения. У сурикатов повышенный иммунитет к некоторым ядам. Никого не напоминает? А, друзья мои? Вы выгляните туда, где подиум. И посмотрите. Это же наша целевая аудитория! Но мы сами, ты, я, Оскар, Паша в первую очередь, мы все превращаемся в сурикатов! А я не хочу выделять никаких пахучих секретов, хоть они и могут повысить просмотры в медиа! Не хочу крепкие когти и объединяться в клан, пусть благодаря этому я смогу, черт возьми, купить квартиру на Манхэттене. И иметь иммунитет к ядам! Не-хо-чу! – выдохнула Рада.

– При чем тут яды? Что за низкосортные аллегории?

Дуров от злости и недоумения наматывал круги в гримерной.

– Знаете, всегда гораздо лучше выступать и стоять За что-то. Шансов больше, когда За, а не Против. А так они все только и делают, что борются: против коррупции, против безработицы и бедности, против собственной алчности. Но когда борешься против чего-либо, это выгодно только одним, а по факту в большом масштабе оказывается неэффективно. Точней эффективно в одностороннем порядке. И получается борьба борьбы с борьбой, – сказала Рада.

– Я сейчас не понял, мы вот это вот все зря делали, да? – вставил Оскар.

– Отчего же? Очень даже напротив. По-тихому передадим вырученную сумму на благотворительность и все. Если они сольют информацию, чтобы похвастаться – это уже их личное дело.

– А, Варецкая, я понял! – процедил Дуров. – Ты просто хочешь продолжать делать продажи. Скандал с секонд хендом конечно бы перекрыл поток покупателей. А сейчас-то наоборот, все побегут хватать одежду от Пола Паркета и выкладывать фото с хэштегом #паркетстайл. Тьфу!

— Ошибаешься. Не для этого я не включила видео ролик.

— А как же?.. — Пол Паркет завис, не договорив фразы.

— Все участники проекта получат свои гонорары сегодня. Разбора полетов не будет. Полет окончен. Спасибо, что воспользовались медиалиниями MilkOfPR. Приятного дня!

— Вот я знал, что будет нервотрепка. Не думал, что она будет из-за тебя, Варецкая! Я можно сказать только из-за концовки и подписывался на этот проект, — сказал Дуров.

— Ты подписывался за бабло и последующие новые проекты с Владимиром Коноваловым, — сказала Рада металлическим голосом.

Дуров не нашелся что сказать и демонстративно удалился.

Следом вышел Питер, что-то тихо бубня себе под нос. Оскар смотрел на Раду, переминаясь с ноги на ногу, готовый побежать с высокого старта.

— Я пойду? Пару контактов для корпоративов себе организую. Там сейчас самое время. Идеальный момент, чтобы договориться с кем хочешь о чем угодно — пока тепленькие. А мы их разогрели хорошо, — наконец сказал он.

— Так оно всегда и бывает. Иди конечно, — махнула Рада.

В дверях стоял Владимир Коновалов. Он оказался свидетелем разговора и все слышал. Он подошел к Варецкой и обнял ее.

— План был именно такой?

— Боба, я поменяла концепцию. Как увидела это все — стало дурно. А надо было просто оглянуться и трезво содрогнуться. Не знаю, это как-то… не то. Бессмысленно.

— Ты все сделала правильно.

— Считаешь?

— Уверен. А считать мы потом будем, — усмехнулся Боба. — Срок депозита в белорусском банке еще не истек. И судя по прогнозам там все великолепно. Я чего зашел-то. Пригласительный на свадьбу я тебе конечно пришлю, но хотелось заранее и на словах.

— Свадьба? С Витон? Так быстро?

— А чего тянуть. Нам обоим потребовалось не так много времени, чтобы определиться. Ну, ладно, я пойду. Вита ждет. Ты большая молодец, Рада Варецкая. У тебя получилось.

— Мне все равно.

— Себе-то не ври. Я лишь бы с кем дружить не буду, и знаю толк в людях. Тебе нужен был этот проект. И помни: все происходит в свое время. Я ушел. На связи. Обнял.

Время стало бежать так быстро, словно это поезд французских железных дорог. Ждешь с нетерпением чего-то, занят в попытках наладить производство счастья и поставить его на поток. Потом шарах, как в плохом кино закадровый голос: незаметно прошло девять месяцев. А только вроде вчера на обед тунца ел.

Цель и задача у каждого всегда одна — быть счастливым. Не зря эту банальщину желают на каждом углу знакомым и не очень. Любимых же принято счастливыми делать. Саму себя любимую. И в какой-то момент ловишь себя на мысли, что для счастья нужна комфортная кровать, горячий хлеб с оливковым маслом и классическая музыка. Что иногда бежать никуда не хочется, совсем. И что существует не так уж много удовольствий лучших, чем хорошая книга, прогулка на свежем воздухе и крепкие объятия. И все они бесплатные.

Рада Варецкая за все то время, пока длился проект Пол Паркет, настолько выдохлась, что уже не было сил ни на что. Она устала куда-то бежать, кого-то искать, даже с кем-то говорить. И раскрывать рот на ширину плеч с утра до ночи.

"Я маленькая хрупкая женщина и должна, наверное, вязать пироги. А я пашу как конь".

Очень хотелось гигиену духа, словесную диету и к любимой Атлантике. Чтобы коленки потерты от песка, губы соленые и жевать мармеладку. Сидеть под солнцем и смотреть, как чайки срут на лету. И пить "Тархун". Или "Дюшес". Нет, все же "Тархун". И выделить себе один час в день на занятия ничегонеделанием. И перестать быть долбаной стыковочной станцией между СМИ и людьми.

"Здравствуйте, в эфире новости. В студии Светлана Роман".

"О! Светлана Роман может сама себе во время связи журналиста со студией говорить: – 'Светлана!' – 'Роман?' – 'Роман!' – 'Светлана?'" – подумала Рада и сделала звук видео в телефоне погромче.

"…Сегодня на счет благотворительного фонда 'Добродействие', что опекает…, была перечислена сумма… Отправитель пожелал остаться неизвестным".

"Ну вот и все", – подумала Рада Варецкая и вернулась к обычной жизни. Туда, где дела лучше всех. Как всегда.

ПРИЛОЖЕНИЕ

Однажды у Генри Киссинджера спросили, что такое "челночная дипломатия".

Киссинджер ответил: О! Это универсальный метод! Поясню на примере. Вы хотите методом челночной дипломатии выдать дочь Рокфеллера замуж за простого парня из русской деревни. Я еду в русскую деревню, нахожу там простого парня и спрашиваю: "Хочешь жениться на американской еврейке?"

"У нас и своих девчонок полно".

"Да. Но она – дочка миллиардера!"

"О! Это меняет дело…"

Тогда я еду в Швейцарию, на заседание правления банка и спрашиваю: "Вы хотите иметь президентом сибирского мужика?"

"Фу", – говорят мне в банке.

"А если он при этом будет зятем Рокфеллера?"

"О! Это конечно меняет дело!"

И я еду домой к Рокфеллеру и спрашиваю: "Хотите иметь зятем русского мужика?"

"Что вы такое говорите, у нас в семье все финансисты!"

"А он как раз президент правления Швейцарского банка!"

"О! Это меняет дело! Сюзи! Пойди сюда. Мистер Киссинджер нашел тебе жениха. Это президент Швейцарского банка!"

Сюзи: "Фи…Все эти финансисты – дохляки!"

"Да! Но этот – здоровенный сибирский мужик!"

"О–о–о! Это меняет дело!"

У КАЖДОГО СВОЯ ИСТОРИЯ

"Однажды я напишу книгу…"
Нет времени? Наймите писателя.

МЕМУАРЫ. ПУБЛИЦИСТИКА. И Т.Д.

Сохранить историю и память.
Поделиться знаниями и опытом.

• Разработка сюжета и написание
• Редактура
• Верстка и дизайн обложки
• Печать
• Презентация

Книга 200 страниц за 100 дней.

"

Все хорошие книги сходны в одном —
когда вы дочитаете до конца, вам
кажется, что все это случилось с вами,
и так оно всегда при вас и останется:
хорошее или плохое,
восторги, печали и сожаления,
люди и места, и какая была погода.

~ Эрнест Хемингуэй

MILA ILKOVA

MILAILKOVA@PROTON.ME
+1(917)719-0794

www.ingramcontent.com/pod-product-compliance
Lightning Source LLC
Chambersburg PA
CBHW030253270626
47156CB00022B/2552